LA CHUTE

DE

SÉBASTOPOL

POËME

DÉDIÉ A L'ARMÉE D'ORIENT

PAR

L. TOUILLON

AUTEUR DU BARDE

PARIS

GARNIER FRÈRES, LIBRAIRES-ÉDITEURS

PÉRISTYLE MONTPENSIER, 114, 115, 116

Rue des Saints-Pères, 6

M DCCC LVII

LA
CHUTE DE SÉBASTOPOL

LAGNY. — Typographie de VIALAT.

LA CHUTE

DE

SÉBASTOPOL

POËME

DÉDIÉ A L'ARMÉE D'ORIENT

PAR

L. TOUILLON

Auteur du Barde

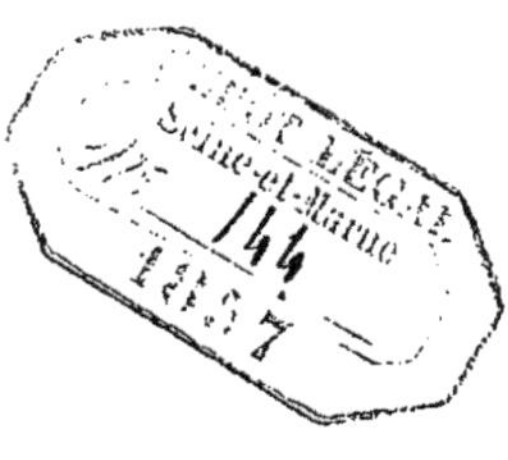

PARIS

GARNIER FRÈRES, LIBRAIRES-ÉDITEURS

PÉRISTYLE MONTPENSIER, 114, 115, 116

Rue des Saints-Pères, 6

MDCCCLVII

UN MOT DES ÉDITEURS

Nous regrettons que l'auteur de *la Chute de Sébastopol* ait différé jusqu'à ce jour de livrer à la publicité cette œuvre poétique qu'il a dédiée à l'armée d'Orient, car il a perdu ainsi tout le mérite de l'à-propos qu'il aurait eu il y a un an ; néanmoins nous ne doutons pas que cet ouvrage, qui est du domaine de l'histoire et dont les faits sont encore si palpitants d'intérêt, ne soit favorablement accueilli, non-seulement par l'armée, mais encore, dans le civil, par tous les hommes qui aiment la gloire de la patrie.

M. Touillon a déjà publié un volume de poésies sur les campagnes des armées françaises en Afrique, à partir de la prise d'Alger jusqu'à l'assaut de Zaatcha ; cet ouvrage lui a valu l'approbation du chef de l'État, des Ministres, d'un grand nombre d'officiers supérieurs, et des hommes de lettres les plus éminents.

Nous citerons deux noms seulement parmi ces derniers, nous bornant à extraire quelques lignes de leur lettre à l'auteur.

. . . .

« Je m'empresse, Monsieur, de vous remercier du plaisir que la lecture de vos poëmes m'a procuré, et d'applaudir au choix d'un sujet aussi patriotique que celui de nos guerres d'Algérie. Je vous dois d'avoir repassé cette série de nobles et belles actions qui vous ont si souvent inspiré d'heureux vers.

. . . .

« BÉRANGER. »

. . . .

« Je me borne donc à vous dire, que j'ai reçu et lu quelques-uns de vos vers, sonores comme la gloire qu'ils chantent.

. . . .

« LAMARTINE. »

Nous avons sous les yeux une épître d'au moins cent vers que M. Eugène de Pradel a improvisée à la louange de l'auteur, commençant ainsi :

« Vieux soldat, mon vieux cœur dans ma poitrine ardente
Bat au son de ta voix qui rajeunit le Dante.
A tes vers généreux, j'ai cru, brave Touillon,
Voir ces preux que jadis Godefroy de Bouillon,
Protégé par la croix, menait en Palestine.
. . . . »

Nous pensons que ces quelques citations seront suffisantes pour nous dispenser de faire nous-mêmes l'apologie du poëme que nous éditons.

AVERTISSEMENT

DE L'AUTEUR

La difficulté de traiter un sujet aussi grandiose que celui de la prise de Sébastopol, m'avait fait rejeter toute idée de l'entreprendre.

Il y avait déjà plus d'un mois que la ville russe était tombée au pouvoir des puissances occidentales, quand une personne, sachant que j'avais traité assez heureusement quelques-unes des victoires remportées par nos armées en Afrique, m'engagea à tenter un essai sur les campagnes des alliés en Orient, et notamment sur le siége et la chute de cette ville fameuse, qui resteront comme un monument éternel dans l'histoire des peuples.

Je reculai d'abord devant une telle proposition ; et ce n'est qu'à la sollicitation réitérée de cette personne que je me suis mis à l'œuvre, et, deux mois après, mon poëme était achevé. Si je ne l'ai pas livré plus tôt à la publicité, c'est que je pensais qu'un autre plus éloquent que moi aurait pris l'initiative.

Aujourd'hui, je le livre sans commentaires au public ; son appréciation judicieuse discernera mieux que le plus habile critique, ce qu'il renferme de bon ou de défectueux, et j'ai la confiance que l'on tiendra compte à l'auteur, malgré les imperfections de son ouvrage, des efforts qu'il a faits pour le mener à bien.

Si le contraire arrivait, je m'en consolerais toutefois, en songeant que la divine Épopée, s'élevant aux plus hautes régions que l'art puisse atteindre, n'est que très-difficilement accessible.

Peut-être le lecteur trouvera-t-il un peu longue l'entrée en matière de cet opuscule, pour arriver au dénoûment de l'action, qui se passe en quelques heures. Cependant il semblait indispensable de relater quelques précédents, comme point de départ de la marche des événements qui ont conduit au fait principal.

LA
CHUTE DE SÉBASTOPOL

POËME DÉDIÉ A L'ARMÉE D'ORIENT.

PROLOGUE

Cœurs flétris, fronts ridés, épanouissez-vous !
    La France glorieuse
Comme la mariée auprès de son époux,
    Parée et radieuse,
Et s'enivre de joie et s'épanche au bonheur.
Écoutez ces accords, ces concerts harmoniques,
Ces sublimes accents, ces chants patriotiques,
    Dits à son immortel honneur ;
    C'est l'active Renommée,
    Publiant de ses cent voix,
    Du haut des monts de la Crimée,
    Et la valeur et les exploits
    De son illustre armée.

Des innombrables fils du Nord
La France a terrassé les hordes menaçantes ;
Elle a vaincu par son bras fort,
Par ses armes puissantes,
Ces ennemis audacieux,
A tant de peuples redoutables,
Et qui pensaient un jour, escaladant les cieux,
Les soumettre à leurs lois s'ils étaient vulnérables...

Sébastopol n'est plus ! Chantez, nobles guerriers
Et de Sardaigne et d'Angleterre :
La Gloire de ses mains vous tresse des lauriers ;
La Russie en ce jour est votre tributaire.
Chantez ! et que Paris et Londres et Turin,
Dans leur vive allégresse,
Par des hymnes joyeux, par le bruit de l'airain,
Fassent éclater leur ivresse
De toutes parts on voit la foule des mortels,
Pour célébrer cette victoire,
Un des riches joyaux des fastes de l'histoire,
Aller se prosterner aux pieds des saints autels.
Des cierges consacrés le feu divin s'allume,
Du chant du *Te Deum* la voûte a retenti (1)
Et la prière monte avec l'encens qui fume,
Jusqu'au trône éternel aux cieux assujetti.

Disparaissez haines, discordes,
Qui dans tous les partis, par votre souffle impur,
Des hommes vertueux corrompez le plus pur.
Place au jour des miséricordes...
Puis de nos ennemis
Oublions les injures;
Désormais soyons tous amis,
Et des vaincus frappés étanchons les blessures.
Oh ! puissions-nous bientôt saluer le retour
Des malheureux proscrits sur la rive étrangère *,
Qui répandent des pleurs, quand, par excès d'amour,
Ils regardent la France en leur douleur amère.
Dans un aussi beau jour, enfin puissions-nous voir,
Après cette victoire, en hauts faits immortelle,
Entre les nations, la paix universelle
Réaliser du monde et les vœux et l'espoir.

* On sait qu'une amnistie a été accordée, par S. M. l'Empereur,
à tous les condamnés politiques.   (*Note de l'éditeur.*)

LA

CHUTE DE SÉBASTOPOL[2]

I

8 septembre 1855.

Du Caucase à l'Oural, une voix formidable
    A traversé les airs ;
Les échos frémissant à ce bruit effroyable
    Ont troublé l'univers.
La terre en a gémi, les mers s'en sont émues ;
Toutes les nations, à cet événement,
De leur frayeur mortelle à peine revenues,
    Sont encor dans l'étonnement...

    N'est-ce pas l'ange des ténèbres,
    Du séjour des ombres sorti,
    Poussant au loin des cris funèbres
    Dont les cieux même ont retenti,
Qui présage aux humains de si tristes alarmes ?
Sa voix était semblable au cliquetis des armes ;

On l'écoutait avec horreur,
Car ce démon, dans sa colère,
Sans cesse répétait le mot sinistre, *guerre*,
Et ce mot remplissait les âmes de terreur !...

Des prêtres rassemblés aux lugubres présages (3),
Les cris barbares et sauvages,
Partis du saint synode en présence du Czar,
Répétaient tour à tour à ce Salmanazar (4),
Que le jour était proche où la sainte Russie,
(Qui voudrait ne pas croire à cette prophétie,
Les popes l'ont prédite aux despotes du Nord) (5),
De chaque peuple qui gravite
Autour de ses États, ainsi qu'un satellite,
Allait décider de leur sort.

Après un long hourra succède un long silence.
L'autocrate se lève, et dit :
« Qu'il en soit ainsi fait et que chaque puissance
« De l'Europe aujourd'hui soit sous ma dépendance. »
Et chacun applaudit.
« De la très-sainte orthodoxie
« Convertie à la foi,
« L'Europe toute entière asservie à ma loi,
« Ne formera bientôt qu'une seule Russie. »

On applaudit encor ;

Et soudain prenant leur essor,

Aussi prompts que l'oiseau qui traverse l'espace,

Les prêtres de Baal (6)

Ont déjà, sur leur trace,

Poussé le cri de guerre aux peuples si fatal.

Des rives du Bosphore aux mers hyperborées (7),

De l'Esthonie au Daghestan (8),

Par le fanatisme inspirées,

Plus de cent nations sujettes du Titan (9),

A leur voix obéissent.

Des coursiers indomptés au rivage du Don (10);

De toutes parts hennissent :

Errants à l'abandon

Dans les savanes de l'Ukraine (11),

Du farouche Cosaque ils vont subir le frein.

Non vaincu, mais soumis au tyran suzerain,

Depuis le Tanaïs jusques au Borysthène (12),

Ce peuple d'esclaves nombreux

Qui ne connut jamais la gloire,

A la glèbe attaché, plus vain que valeureux,

Ignorant le nom de victoire,

Au combat s'est préparé.

Pour l'attaque et la défense,

Le Cosaque est armé du mousquet, de la lance,
Ainsi que de la flèche au long fer acéré.

Malheur au pays, à la ville,
Où ses pas sont conduits par la fatalité ;
Il ne respecte nul asile,
Il foule aux pieds l'honneur, la sainte humanité.
Ainsi qu'une féroce bête,
De sang il aime à s'abreuver ;
La plus belle conquête
Ne saurait point le captiver.
Ce qu'il lui faut, à lui, c'est le sac d'une ville (13) :
N'étant salarié par le chef de l'État (14),
Le pillage est le gain dont le sujet servile
Se récompense au nom de son fier potentat ;
Et si le meurtre est nécessaire,
Pour assouvir sa passion,
Le glaive du vil mercenaire
Accomplira soudain cette atroce action.

Tristes fruits de sa barbarie,
Bientôt il va vous recueillir ;
Oh ! si la soif de l'or aiguisa sa furie,
Osera-t-il, le lâche, un jour s'enorgueillir
Que pour la mieux éteindre il a commis des crimes ?

Que son bras assassin

Anéantit maintes victimes,

En plongeant froidement son glaive dans leur sein?

Il se croira plus grand d'une telle prouesse,

Il s'en glorifiera;

Peut-être que l'hetman, pour prix de sa bassesse (15),

Le récompensera.

Ainsi voilà quels sont tes soldats, ô despote !

Seul grand parmi les oppresseurs ;

Quand pour toi chacun d'eux est moindre qu'un ilote (16),

Peux-tu compter encor sur de tels défenseurs ?...

Quels sont les habitants de ces steppes arides,

Qu'arrosent en leur cours

L'Iénisse et l'Obi, fleuves aux flots rapides (17),

Aux sinueux contours ?

Ce sont les Kirghises nomades (18),

Qui ne furent jamais domptés ;

Vivant sous la tente abrités,

Ou bien divisés par bourgades ;

De climats en climats

Errant à l'aventure ;

Bravant de longs hivers la rigueur des frimas,

Sous de légers abris, sur une couche dure ;

Sobres jusqu'à l'excès, ils n'ont pour nourriture

Que du lait de jument, de la chair de cheval.

Ces diverses tribus, types des premiers âges,

Ces pasteurs, ces guerriers, races demi-sauvages,

Pour paître leurs troupeaux quittent le sol natal.

Dans leurs délassements, aux jours de grandes fêtes,

    Revêtus de la peau des bêtes,

    Qu'ils vont attaquer dans les bois ;

A la course, à la lutte, à tous les jeux adroits,

Ils s'exercent entre eux, et des prix pour salaire

    Sont distribués aux vainqueurs ;

Le plus ancien de tous, le juge populaire,

    Couronne les triomphateurs :

Telles étaient jadis les mœurs patriarcales.

Les plus jeunes enfants, de bonne heure aguerris

A manier la fronde, à dompter les cavales,

N'ont pas d'autres plaisirs que ces jeux favoris.

    A l'appel de la sainte guerre,

    Les Kirghises ont répondu ;

Des rivages glacés de l'océan Polaire,

Jusques au Pont-Euxin ce peuple s'est rendu (19) ;

Et vous, ô nations ! que l'Occident ignore,

De ces lointains déserts, farouches habitants,

    N'allez-vous point grossir encore

    Le nombre de ces combattants ?

Vous Tartares, Lesghis, Bastarnes, Permiaiques,
Ossètes, Slobodos, Léponis, Voltiaiques,
Nogaïs, Morduans, Gètes, Carreliens,
Tchérémisses, Baskhirs, Imes, Ouraliens ?

Marqués au front et portant des entraves (20),
         Par des chefs couverts d'oripeaux,
            D'innombrables esclaves
         Étaient conduits comme de vils troupeaux.
         De leurs yeux d'abondantes larmes,
S'échappant à longs flots, montraient leur désespoir ;
Ils quittaient leurs parents, leur pays aux doux charmes,
Qu'ils ne devaient, hélas ! plus songer à revoir.

II

            Cependant, au cri de la guerre,
            Les nations de l'Occident,
            La France et l'Angleterre
Ainsi que la Sardaigne au sol indépendant,
Ont d'un commun accord déployé leurs bannières ;
            Et leurs nombreux vaisseaux

Dressant leurs mâts altiers, pareils à des faisceaux,

Bientôt, quittant le port, franchissent les frontières;

Le vent les pousse au large, et, voguant de concert,

Ils fendent le sein des ondes,

Comme la caravane affrontant du désert

Les solitudes profondes.

Et de valeureux chefs, sur ces puissants esquifs,

A travers les dangers des flots et des récifs,

S'en vont, nouveaux croisés, dans un but salutaire,

Opposer la justice aux coups de l'arbitraire,

Et par un noble élan sauver des opprimés.

Puisse un heureux destin, secondant leur voyage,

Assurer leurs succès sur ce lointain rivage,

Et bénir les efforts dont ils sont animés !

Partez au champ de gloire,

Saint-Arnaud ! Canrobert ! Raglan ! La Marmora (21) !

Partez, le Ciel exaucera

Les vœux que tant de cœurs forment pour la victoire.

Allez prouver encore, aux yeux de l'univers,

Jusqu'où peut s'élever le poids d'une alliance,

Quand, par d'heureux concerts,

Elle unit au bon droit l'honneur et la vaillance.

C'est par vous, nobles chefs, qu'on verra décider,

Une cause à jamais entre toutes fameuse,

Dont la solution ne sera pas douteuse,
Le jour qu'au rendez-vous vous irez la plaider.

Tandis que sur la vague humide,
Dans la profonde immensité,
S'avance avec rapidité.
La flotte pavoisée aux champs de la Tauride (22),
Sur l'autel du vrai Dieu
Le pasteur officie,
Et dans le divin lieu,
Le peuple s'associe
Aux prières que vers le ciel
Il pousse avec extase, offrant le sacrifice,
A genoux recueilli dans le saint édifice,
Au grand Être immatériel.

« Magnanimes fils de la France, »
Dit le prêtre, « Voguez vers de nouveaux climats;
« Conduits par l'espérance,
« Que Dieu vous soit propice, et que la voile aux mâts
« Vous guide heureusement sur les profondes eaux
« Au début de votre entreprise;
« Puis qu'une douce brise,
« Au terme de tous vos travaux,
« Jusques aux bras de ceux qui vous ont donné l'être,

« Protégés par le sort,

« Sur le sol qui vous a vus naître,

« Vous ramène à bon port. »

Après la cérémonie,

La foule satisfaite en cet heureux moment,

D'avoir loué de Dieu la grandeur infinie,

Se disperse lentement.

Les vaisseaux ont franchi les colonnes d'Hercule (23),

Entre ces monts fameux de Calpé, d'Abyla (24),

Où l'Océan, jadis, bornant la Péninsule,

Semblait dire aux anciens, il n'est rien au delà (25).

Du groupe Baléare ils ont doublé chaque île,

La Corse et la Sardaigne ainsi que la Sicile,

Évitant et Carybde et le monstre Scylla (26) ;

Ils voguent poussés par la brise,

Et les gais matelots que le temps favorise,

Jouissent de l'aspect des feux du mont Etna (27).

Les marsouins dans l'onde,

Bondissent en se poursuivant ;

L'œil a peine, en les observant,

A les suivre en leur course agile et vagabonde.

Instants délicieux et de folle gaîté,

Pour tant d'objets nouveaux frappant les équipages,

Qui du bord contemplant ces attrayants rivages,
Se reflétant au loin, sur les flots argentés,
Offrent de toutes parts aux regards enchantés,
De fortunés pays aux plus riantes plages.
Ils s'imaginent voir, rêvant dans leurs loisirs,
  Le long des grèves étrangères,
  Des sylphes aux formes légères (28),
Des nymphes invitant aux amoureux plaisirs (29) ;
De même qu'autrefois dans l'île d'Ogygie,
Où purent aborder ces deux héros fameux (30),
  Échappés aux flots écumeux,
Dont aucun n'ignorait la touchante élégie.

Lorsque la nuit brillant de saphirs radieux,
  Une harmonie aérienne,
  Près de la côte athénienne,
Accompagnait les nefs de sons mélodieux ;
  Comme une lyre éolienne
Tendue aux doux zéphyrs de ces heureux climats,
  Sifflant à travers les cordages,
Accordait ses accents au grincement des mâts,
  Au clapotement des sillages.

  Le ciel est calme et pur,
  Et sous son beau réseau d'azur,

Contre les autans protégée,
L'escadre en peu de jours touche à la mer Égée (31),
Et doublant Ténédos (32),
Franchit la Propontide et l'antique Abydos (33).

D'autres peuples encor, libres ou tributaires
De la Porte Ottomane, en ces agrestes jours,
Pour sa cause ont offert de nombreux volontaires
Le généreux concours.
Ceux qui du lit du Nil campent sur le rivage
De Thèbes à Memphis (34) ;
Ceux habitant non loin des lieux où fut Carthage (35)
Qui gît sous l'herbe avec ses fils ;
Ceux de la Cappadoce et ceux de l'Arménie (36),
De l'antique Troade et de la Bithynie (37),
Vont aussi partager
Ses revers ou sa gloire.

Fatime Hanoum, la vierge noire (38),
La première s'offrit en ce pressant danger ;
Aux périls familière,
Avec ses cavaliers, ses Kurdes aguerris,
Cette intrépide auxiliaire,
De l'honneur au combat pense emporter le prix.

Mais vous, peuples de la Colchide (39),

Qu'attendez-vous encor?

Quel ennemi vous intimide,

Et paralyse votre essor?

Toi, valeureux Schamyl, l'honneur de ta patrie (40);

Cette patrie, enfin, qui sans cesse te crie

Vengeance!... tu l'entends et ne t'en émeus pas?...

Cependant tu la vois et saignante et meurtrie,

Et peut-être à la veille, hélas! de son trépas...

Et ton fils adoptif, le Naïb d'Abasie (41),

De ce conflit va-t-il demeurer spectateur?

Renoncer à sa cause est une apostasie

Qui pourra retomber un jour sur son auteur.

Qu'as-tu donc résolu? Quand l'instant est propice,

Un cœur comme le tien pourrait-il hésiter?

Pour de nouveaux combats, crains-tu d'ouvrir la lice?

Aujourd'hui, de toi-même, on te verrait douter?

Quand, pour te seconder, de fiers auxiliaires

Te pressent d'affranchir ton malheureux pays,

Tu craindrais d'attaquer ces cruels adversaires,

Disposant à leur gré de tes champs envahis?...

Réveille en ce moment ta puissante énergie,

Et de l'indépendance arbore l'étendard;

Il en est temps encor, fils de la Géorgie,

Demain, demain peut-être il serait un peu tard.

III

Dans les sombres forêts, dans les bois solitaires,
Les Druides, jadis, célébraient des mystères (42),
Aux ombres de la nuit leurs seuls témoins secrets;
    Vêtus de longues robes blanches,
    Et le front ceint de pervenches
    Loin des regards indiscrets.
Avec la serpe d'or, instrument symbolique,
Coupant le gui sacré qui parait leurs autels,
Du sang de leur victime, en un chant poétique,
L'offraient en sacrifice à leurs dieux immortels.

    De ces divinités champêtres,
    Le règne est fini sans retour;
Oracles vénérés, sacrificateurs, prêtres,
Tous reposent en paix dans l'éternel séjour;
    Mais les Bardes et les Évates (43),
Longtemps sur les dolmens allaient redire encor (44),
Des hymnes en l'honneur de leurs anciens pénates,
Comme le Moabite à son dieu Belphégor (45).

Et dans les champs de la victoire,

Suivant le cours de leurs exploits,

Ils entonnaient l'hymne de gloire,

En l'honneur des héros gaulois.

Vous qu'inspirent les Mnémonides (46),

Chantres du temps passé,

O Bardes ! votre voix aurait-elle cessé

De louer les travaux de ces Francs intrépides,

Comme jadis elle vantait

Les sublimes exploits et les faits héroïques,

Qu'en leur honneur elle exaltait

Aux plaines des deux Armoriques (47) ?

Non, non, puisque déjà l'écho

En tous lieux a redit ce chant qui préconise,

De la Seine à la Tamise,

Du Mançanarès au Pô (48),

Ces braves qu'on a vus, dans le feu des batailles,

Faire crouler et forts et remparts et murailles

De la moderne Troie, où cent mille guerriers,

Sous leurs coups triomphants ont mordu la poussière ;

Ville aux sombres cyprès qui fut leur cimetière,

Et pour ses conquérants un taillis de lauriers.

Quand l'ange de la guerre

Aux sinistres regards,
Portant l'effroi de toutes parts,
Eut fait éclater sa colère;
Il s'élança non loin
Des bornes de l'Europe,
Afin d'être témoin
Du désastre cruel de l'antique Sinope (49);
Et cet ange maudit, prédisant des malheurs,
Sur les maux des humains qu'il engendre sans cesse,
Semblait rayonnant d'allégresse,
Et sourire à l'aspect d'aussi vives douleurs.
Il désirait, dans sa pensée,
Voir le Russe vainqueur,
Et, soumise à son joug la Turquie oppressée,
Gémir sous ce dominateur.
Mais lorsque de l'Alma, l'éclatante victoire (50)
Vint annoncer à l'Occident
De ses fils valeureux ce grand excès de gloire,
Qui n'eut jamais encore un pareil précédent
Parmi les plus hauts faits signalés dans l'histoire;
Que d'Inkermann et de Traktir (51),
Lorsque les alliés, dans ce moment d'ivresse,
Eurent jusques aux cieux fait cent fois retentir
Un long cri d'allégresse,
Le démon de la guerre aussitôt disparut.

On dit qu'atteint dans la mêlée
Du coup dont il mourut,
Son âme s'envola jusqu'aux rives d'Élée (52).
Il ne reviendra plus exciter de nouveau
Le synode et l'empire;
A moins qu'au noir séjour son ombre ne conspire,
Il repose au tombeau.

Cependant l'airain gronde :
Nous l'avons proclamé, c'est le géant du Nord,
Qui, disputant l'Europe à l'empire du monde,
Dans son âme insensée où son orgueil se fonde,
Veut la vaincre ou périr en un suprême effort.

Le brave Omer-Pacha, le grand homme de guerre,
Aux rives du Danube, a su par son talent,
Sans aucun allié, du despote insolent
Plus d'une fois punir l'audace téméraire.
Il a seul, en échec, par un effort puissant,
Non-seulement tenu du peuple moscovite,
Qui pensait triompher pour sa cause insolite,
L'armée impériale au pouvoir menaçant;
Il a fait plus encore :
Il l'a défaite maintes fois,
Et le rivage du Bosphore,

Où le Russe pensait un jour dicter des lois,

De ses drapeaux conquis, aujourd'hui se décore,

Et du conquérant slave atteste les exploits.

Dans Oltenitza, Silistrie (53),

Du joug qui la menace il sauve la patrie,

Le trône du sultan,

L'honneur national, le nom mahométan.

IV

Pourtant les alliés, à leur tâche fidèles,

Loin des côtes de l'Occident,

Ont distancé les flots rebelles,

Jusqu'à la rive où naît le soleil fécondant;

Ils ont vu la plage d'Asie,

Et le Tmolus audacieux (54),

Dont le superbe front s'élançant jusqu'aux cieux,

Domine les vallons de la riche Mysie.

Ils cinglent vers leur but, le vent les secondant,

Et franchissant les Dardanelles (55),

A côté du Croissant, sur ces rives nouvelles,

Plantent leurs pavillons au signe indépendant;

Et le Barde vêtu de l'antique simarre,
Transporté sur ces bords, au bruit de leurs exploits,
Avait pour les chanter de son austère voix,
    Accordé sa cithare.

Il reverra sans doute encor quelques cités,
Qui donnèrent le jour à ces héros célèbres,
Dont les exploits divers furent par lui chantés,
Et qui dorment en paix sous des lauriers funèbres.

Il reverra ces champs que jadis Attila
    Et ses Huns ravagèrent,
Quand de la Sarmatie en partant ils songèrent
Arriver triomphants jusqu'au mont d'Abyla.

Il reverra ces flots baignant la rive antique,
Où quiconque poussé par un funeste sort,
    Dans la Chersonèse Taurique (56),
     Était puni de mort.

    Il reverra cette puissance,
Qui, brisant de ses khans la vieille autorité (57),
Perdit en un seul jour et son indépendance,
    Et l'honneur et la liberté.

    Ce qu'il ne verra plus peut-être,

Ce sont ses fiers dominateurs ;
La Tauride cessant de posséder un maître,
Bénira ses libérateurs.

—

Le soir, quand s'élève la brise,
Et que vers l'occident, l'astre du jour s'enfuit,
Dans leur camp les soldats entendent chaque nuit,
Une voix qui les électrise ;

Et cette voix aux doux accords,
Qui ne chante que la gloire,
Les exalte au réveil, et, dans leurs fiers transports,
Ils volent à la victoire.

Si ce n'est qu'en esprit que sur ces bords lointains,
Tant de guerriers ont vu le vieux Barde apparaître,
Pour eux, comme jadis, il n'a pas cessé d'être,
Puisqu'il préside encore à leurs nobles destins.
Car, lorsque la gloire immortelle
Par des faits éclatants enivre les soldats,
C'est par lui qu'elle se révèle,
Quand sonne l'heure des combats.

V

Dans votre orgueilleux civisme,
Francs, Sardes, Armoricis (58),
Vous allez affranchir par ce fédéralisme
Cent peuples attelés au joug du despotisme,
Et désiller leurs yeux aux regards obscurcis.
La trompette guerrière
A donné le signal :
Tous ces preux aguerris, sur le sol féodal,
Entrent dans la carrière ;
Dans Eupatoria descendus librement (59),
Ils partent comme un trait rapide,
A la face du Russe, où l'honneur qui les guide,
Les pousse audacieusement.

Confiants dans leurs chefs éprouvés à la guerre,
De France et d'Albion les glorieux soldats
Sauront par leur valeur, contre un tel adversaire,
Triompher au sein des combats.

Mais déjà par le sort des armes,

Après les plus brillants hauts faits,

Les alliés vainqueurs, dans les champs des alarmes,

Ont vu fuir devant eux leurs ennemis défaits.

Sur vingt points différents, vingt fois on vit la gloire

Des troupes d'Occident seconder les travaux;

Ces valeureux guerriers, en courage rivaux,

N'ont connu jusque-là que le nom de victoire.

Aux Russes les revers,

La fuite ou la défaite,

La honte ou la retraite,

Aux alliés l'honneur de vingt succès divers.

Timotigeff, Réad, Nachimoff, Istomine,

Mettin, Wreuski, Weimarnn, ces chefs ont de la mort,

Comme les chefs persans, aux champs de Salamine,

Aux rives du Salghir, subi le triste sort (60).

Hélas! avouons-le, des pertes trop certaines,

Alliés, en vos rangs, ont bien souvent changé

Dans plus d'un cœur ami la douce joie en peines:

Le bonheur d'amertume est toujours mélangé.

Plus d'un brave a payé le tribut à la guerre,

Par le plomb ou l'airain :

Lavarande, Monet, Bizot, Lourmel, Perrin,

Au front de leurs soldats ont succombé naguère.

Aux mânes généreux de ces nobles trépas,
          Le Russe dut une hécatombe,
Et cent mille ennemis eurent la même tombe,
Mais le sang par le sang ne se rachète pas...

Quels sont ces fugitifs qui débordent la plaine,
              Courant à perdre haleine,
Et jetant leurs fusils pour être plus légers?
Ah! laissez-les passer, ô chasseurs! ô zouaves!
              Ce sont de malheureux esclaves,
Sans doute, sur ces bords, comme vous, étrangers;
                  La frayeur les transporte,
Pitié pour eux... Mais quoi! vous n'êtes qu'une escorte,
              Et vous les faites fuir ainsi?
              La peur gagne des milliers d'âmes?
Un grand nombre déjà vous a crié merci?...
Pour d'autres ils sont sourds : leurs meurtrières armes
N'épargnent jamais ceux qui veulent résister.
              A leurs prisonniers ils font grâce;
Au foyer de la tente, auprès d'eux, ils ont place,
Et leur plus doux plaisir, c'est de les bien traiter.

Partout aux alentours de ces champs mémorables,
Où des Russes l'ardeur sans fruit se consuma,
              Un lugubre panorama

Se déroulant à l'œil, en masses innombrables,

Ne décèle en tous lieux que des monceaux de morts

      Gisants sans sépulture,

Et qui des animaux deviendront la pâture,

Le sol ne pouvant pas recéler tant de corps.

Des défenseurs du czar la côte est balayée :

A peine en reste-t-il quelques débris épars ;

Et cette armée entière, abattue, effrayée,

Se débande et n'est plus qu'un troupeau de fuyards,

Qui dans Sébastopol, aux forts inaccessibles,

Ville tant redoutable à l'effroyable abord,

Accourent s'enfermer dans ses murs, dans son port,

S'apprêtant à braver les coups les plus terribles.

      On voit flotter sur les créneaux,

Leurs bannières de saints et l'aigle moscovite (61),

      Saints dont l'ineffable mérite

Joint aux engins fameux, comblant leurs arsenaux,

Peuvent mettre au défi la terre toute entière.

Eh ! n'ont-ils pas la force et pour eux le bon droit ?

Une troupe aguerrie, audacieuse, altière ?

Des soldats dont le nombre à chaque heure s'accroît ?

Le plateau du Belbeck recèle une autre armée,

S'étendant de Phoros au val de Baïdar ;

Armée, à l'estime du czar,
Pouvant ceindre en ses rangs le sol de la Crimée.

En vain ces fameux boulevards
De tous côtés se hérissent,
De ces canons qui vomissent,
Le trépas du haut des remparts :
Et ces infernales machines,
Et ces piéges cachés aux alliés tendus (62);
Ces trappes sous leurs pieds, l'explosion des mines,
Et le fer et le plomb atteignant leurs poitrines,
Et les feux rugissants sur leurs fronts suspendus ;
En vain à ceux qui les précèdent,
D'autres bataillons se succèdent
Comme l'eau de la source affluant sans tarir,
Et ne cessant de se répandre ;
Ou, semblables au feu qui renaît de sa cendre,
On les voit comme lui s'éteindre sans périr ;
En vain ces bastions, cette décuple enceinte,
De forts, de glacis et de tours,
Et tous ces chemins creux, immense labyrinthe,
Aux sinueux contours ;
Ces navires coulés du port fermant la passe,
Ces parapets sans nombre et ces fossés profonds,
Tous ces hauts points armés, ces eaux dans les bas-fonds,

Vous protégeront-ils au sein de votre place ?

Malgré votre courage et vos nobles efforts ;

Vos six mille canons, vos quinze citadelles,

Vos soixante vaisseaux, vos longues parallèles (63),

Avec vous tomberont et redoutes et forts.

VI

Des Francs le généralissime,

Que la gloire aiguillonne et que l'ardeur anime,

Sur le Mamelon-Vert, avant l'heure où le jour

Sort des bras de la Nuit, à sa couche infidèle,

Allant, parjure époux, prodiguer son amour

A la terre qui l'aime et que son doux retour,

En fécondant son sein rend encore plus belle ;

Pélissier, ce héros digne par sa valeur,

Ses travaux, ses talents, ses vertus militaires,

D'avoir, noble génie, eu l'insigne faveur,

De commander en chef à tant d'auxiliaires ;

Que l'honneur aux combats vit le premier toujours,

Parmi tous ces guerriers dans le choc des alarmes,

Affronter les dangers au mépris de ses jours,

Dangers dont le prestige a pour lui tant de charmes;
Pélissier réunit sur ce point culminant,
Les plus illustres chefs composant son armée,
D'où le regard au loin, découvre en dominant
Ces formidables tours enchaînant la Crimée;
Sur ce point où Mayran, David et Brancion,
Brunet, Hardy, Malher, ont payé de leur vie,
Dans cette audacieuse et sanglante action (64),
    Un triomphe digne d'envie.

    C'est là que chaque officier
Formant l'état-major, reçoit de Pélissier
    Les ordres du jour qu'il donne.
Aussitôt chaque chef au front de sa colonne,
Se hâte d'accourir sur le lieu du combat.
Au camp des alliés la générale bat :
    Tout s'émeut, tout s'agite,
Depuis Balaclava, jusqu'au val Tellion,
    Comme le flot que l'air irrite,
On voit grossir les rangs de chaque bataillon :
De Salles s'établit à gauche de la ville,
    Auprès de Karabelnaïa;
Au col de Baïdar prend place d'Allonville,
    Herbillon sur la Tchernaïa;
    Et non loin d'Inkermann, d'Aurelle

Occupe tous les contre-forts.

Nobles et vaillants chefs, la victoire fidèle,

Bientôt couronnera vos sublimes efforts.

Midi sera l'heure célèbre,

Où l'on verra tous ces guerriers,

Voler au champ de gloire, amasser des lauriers,

Ou bien grossir, hélas! le char d'honneur funèbre.

VII

Cependant des Paixhans

Les voix lugubres tonnent,

Et leurs jets de fer bondissants

Aux camps, sur les remparts et frappent et moissonnent

Ces héros que l'honneur soutient dans les combats.

Bien souvent des files entières

De valeureux soldats,

Au courage invincible, aux natures altières,

Disparaissent des rangs, ainsi que sous la faux

L'herbe de la prairie;

Mais pour les remplacer, il en est de nouveaux,

Prêts à verser leur sang pour leur chère patrie.

L'artilleur à son poste est plein d'un noble orgueil :
Calme au feu, les deux mains par la poudre brunies,
Il songe que son arme est des Russes l'écueil
Qui bientôt va briser leurs forces réunies.

   Les chars, les affûts, les caissons,
    Autour de lui réduits en poudre ;
Ses frères mutilés en d'informes tronçons,
Succombant sous ses yeux par l'éclat de la foudre ;
   Tous ses compagnons renversés,
   Bien loin d'abattre son courage,
Contre ses ennemis l'animent davantage,
Ses bras sont plus actifs, ses coups moins distancés.

Parmi les corps armés dont s'honore la France,
Le Génie a toujours sa place au premier rang.
   Avec quelle persévérance,
Il accomplit son œuvre et fut sublime et grand,
Dans ce long temps d'épreuve, où sa mâle énergie
Aida si puissamment l'art de la stratégie.
Quels immenses travaux son talent déploya
Dans ces zigzags rocheux, véritable problème (65) :
   Sa mission s'en effraya ;
   Car la sape elle-même,
Si prompte en ses effets par ses moyens puissants,

Fit douter un instant qu'elle fût admissible.
Mais à tant d'ennemis, ses efforts incessants,
Ont prouvé qu'aux Français il n'est rien d'impossible.

Du camp jusques aux forts, des nuages couverts
De mitraille sifflant obscurcissent les airs ;
Le plus hardi soldat ne pouvait se défendre
        D'éprouver un secret émoi ;
          Qui donc ne saurait le comprendre ?
Le cœur le plus altier est-il exempt d'effroi ?...
          Cependant que la charge sonne,
Et sans en excepter, vous les verrez alors,
          Accourir où le canon tonne,
Affronter cent trépas dans leurs fougueux transports.

Les Moujicks ont poussé trois fois des cris d'alarmes,
Et trois fois de leurs cris ont retenti les airs ;
Zouaves et chasseurs, et vous fiers highlanders,
On dirait que pour vous ces cris ont quelques charmes ;
Vous qui n'êtes heureux que quand la charge bat,
Et plus heureux encore à l'heure du combat,
Bientôt de l'ennemi vous serez sur la trace :
L'avez-vous entendu de loin vous provoquer ?
Surtout n'oubliez pas en allant l'attaquer,
Que vous avez besoin de toute votre audace.

Du général en chef les pouvoirs sont donnés :
Et malgré leur impatience
Et l'excessive ardeur dont ils sont dominés,
Les soldats à leur poste, avec calme et prudence,
Attendent qu'à leurs yeux éclate pour signal
Ce lumineux rayon, resplendissant fanal,
Qui doit marquer l'instant où, forçant les barrières
Et les forts ennemis,
Ils vont inaugurer ce qu'ils se sont promis,
Sur la tour Malakoff, implanter leurs bannières.

Vous allez faillir tous sous leur puissant effort,
Vous qui n'ignorez plus ce que peut la vaillance
Des fils glorieux de la France,
Peuplades esclaves du Nord.
Malheur à vos tyrans! car voici le prélude
De leurs nombreux revers.
Mais réjouissez-vous, trop misérables serfs!
C'est pour vous arracher à votre servitude.
O vous! qui gémissez
Dans les chaînes de l'esclavage,
Ignorez-vous qu'un jour, vos boyards terrassés (66),
Vous serez affranchis de l'état de servage (67)?

La colonne de droite enfin va s'élancer :

Pour l'assaut elle est prête;
Bosquet sera son guide, et pour cette conquête,
Quel autre au champ d'honneur saura le surpasser?...
Vieilli sous le harnais, au métier de la guerre,
Bosquet, ce vaillant chef, qui déjà tant de fois,
En Afrique, à l'Alma naguère,
Fit retentir l'écho du bruit de ses exploits,
Va signaler encor sa téméraire audace;
Et si du sein de cette place
Il ne revient vainqueur, la mort l'aura frappé.
Le Génie a développé
Sous le brave Niel ses machines de guerre;
Sous Thiry les canons font gronder leur tonnerre;
La foudre en éclatant tombe de tous côtés:
Du bruit de tant de coups qui s'envolent ensemble,
Au loin la terre tremble,
Les cieux en sont épouvantés...

VIII

Sur son trône éclatant d'une vive lumière,
L'Éternel, à ce bruit, saisi d'un saint transport,
Députe à la cruelle Mort
Une intelligente courrière.
Dieu s'était dit en soi : mes temples sont remplis
De jeunes filles et de mères,
M'implorant pour leurs fils,
M'implorant pour leurs frères.
Des prêtres de cinq nations,
Pour hâter un secours à leurs armes propice,
Appellent à grands cris mes bénédictions,
Et de leurs ennemis plaident le sacrifice.
Est-ce là de l'humanité?
Comme je dois à tous une égale justice,
Écoutez par ma voix parler la vérité.
« Oh! trop faibles mortels! quelle erreur est la vôtre?
Où serait donc ma charité
Si je favorisais l'un aux dépens de l'autre?
Hé! quoi, dans ce siècle éclairé,

Seriez-vous donc encore assez simples de croire,

Que j'aie un culte préféré?

Cette action serait une tache à ma gloire.

Ah! s'il en était autrement,

Que telle secte à part, dans son aveuglement,

Me maudisse pendant que telle autre m'encense,

Pour l'une je pourrais user de préférence;

Mais puisqu'il n'en est rien,

Et qu'à toutes je suis l'heureuse Providence,

Je dois travailler pour leur bien,

Sans établir de différence.

Allez savoir, dit-il, ô sainte déité!

Si la Mort à mes lois n'a pas été rebelle,

Et si la Discorde avec elle

N'a pas contre ma volonté,

Dans sa passion criminelle,

Juré d'anéantir la pauvre humanité!

Étant mes fils chéris, tous les hommes sont frères;

Auraient-ils oublié mes décrets éternels?

Si les saints du Très-Haut sont leurs dieux tutélaires,

Que n'obéissent-ils à mes vœux paternels?

La paix doit être leur partage;

Et ce précieux gage

Qu'ils devaient observer et qu'ils s'étaient promis,

Ils l'ont, hélas! brisé, puisqu'ils sont ennemis.

Or, si la Mort cruelle

De ces âmes voulait, dans ce néfaste jour,

Grossir encor sa vaste cour,

Selon sa règle habituelle,

Qu'elle redoute mon courroux.

Je veux que ce mal cesse :

Qu'elle sache que je la presse

De suspendre ses coups. »

Il a dit. Aussitôt la sainte Intelligence,

Sous la forme et les traits de l'ange Alaciel,

Vers la Mort, députée, ainsi qu'un trait s'élance

Des hauteurs du troisième ciel.

En de vastes États, loin des confins du monde,

Au pouvoir des vivants inaccessibles lieux,

États dont la distance est cent fois plus profonde

Que de la terre aux cieux;

Dans un vaste palais, gigantesque ossuaire,

Plus immense et plus spacieux

Que tous ceux habités par les rois de la terre,

Fait de crânes humains et d'ossements hideux;

C'est là que l'immortelle et grande souveraine

Règne sans nul partage en ce sombre séjour;

C'est là que la Mort tient sa cour,

Qu'elle trône et gouverne en légitime reine.
D'innombrables démons, des anges au teint noir,
Des spectres, des fantômes,
Des follets, des lutins, des farfadets, des gnomes
Sont les gardes veillant autour de son manoir.

Bientôt comme une ombre légère,
Après sa longue ascension,
Chez la Mort apparaît l'active messagère,
Porteuse de sa mission.
La Mort ayant ouï, sensible à son reproche,
Lui répond : « Attendez et vous allez savoir,
Quoique pour les mortels j'aie une âme de roche,
Si j'ai failli jamais d'un point à mon devoir. »

La Mort assemble ses ministres,
Ses conseillers aux fronts insoucieux,
Aux yeux hagards, farouches et sinistres,
Et gravement leur dit ces mots sententieux :
« De l'éternité fille unique,
Moi qu'on nomme la Mort,
Et qu'on dit exercer un pouvoir tyrannique
Sur les faibles humains d'une façon inique;
Envers eux, dites-moi, suivant vous ai-je tort?
— Non, non, répondent-ils.—Si, pour purger la terre,

J'emprunte quelquefois l'appui de maints fléaux,
Si chaque jour qui passe en fait ma tributaire
        De myriades de tombeaux,
Ai-je encore besoin du glaive de la guerre?
— Votre raison est juste et nous l'approuvons tous,
Dirent en même temps ses serviteurs fidèles;
        Pour ces causes accidentelles
        L'on ne saurait s'en prendre à vous.
        — Et cependant la calomnie
            Va jusqu'à m'imputer,
Des malheureux humains, la douleur infinie.
        — Pourquoi vous en inquiéter,
        Lui répétèrent-ils encore?
— En sachant être juste, une reine s'honore;
Ai-je une seule fois, en mon règne, excité
            La guerre si cruelle,
            Qui partout se révèle
Et frappe de ses coups la pauvre humanité?
Apparaissez, dit-elle à ces légères ombres;
        Sortez de vos profondeurs sombres,
Vous toutes dont le sort a tranché pour toujours,
Dans le champ des combats la trame de vos jours. »
Les ombres aussitôt s'assemblent devant elle;
Et chacune en silence, avec émotion,
        Recueillant son attention,

Écoute la reine immortelle.

« Ce n'est point par mes vœux,

Mais du fait seul de vos monarques,

Dit-elle, que vos jours, vos jours les plus heureux

Furent tranchés, hélas! par la main des trois Parques.

Si la cruelle ambition (68),

N'eût d'aucun souverain de chaque nation

Excité la funeste envie,

Que d'âmes parmi vous posséderaient la vie (69)!..

Je ne saurais donc accepter

Votre plainte importune,

Pour ces maux inouïs causant votre infortune;

Vous seules, croyez-moi, pouvez les éviter.

Allez-en paix, dit-elle;

Surtout n'oubliez pas

Que mon dard incisif, à la trempe mortelle,

Contre vous dirigé, par ma main trop cruelle,

A regret, dans les camps, vous donna le trépas.

Et vous, ô sainte Intelligence!

De ce pas allez dire au Père des humains

Que je respecte sa puissance

Et n'enfreindrai jamais ses ordres souverains. »
        Soudain vers la voûte éthérée,
Au séjour des élus, à la céleste cour,
La prompte messagère, au sein de l'empyrée,
Prenant son vol rapide est déjà de retour.

IX

Bientôt va s'achever cette lutte fatale,
        Ce combat de géants,
Où rugiront encor mille monstres béants
        A la voix infernale.
Pélissier tel qu'un dieu qui régit les humains,
A jeté son regard sur la sanglante arène ;
Ou bien tel qu'Annibal défiant les Romains,
Ce superbe guerrier, ce vaillant capitaine,
Va des forts ennemis s'ouvrir tous les chemins.

La clepsydre a sonné : volez heure propice,
        Dites à l'univers
Qu'un immense triomphe et qu'un plus grand revers,
Dans ce jour solennel sont en jeu dans la lice.

Tout à coup, dans les airs, éclate à tous les yeux
Des soldats attentifs, cette vive lumière,
        Ce rayon lumineux,
Des ordres de leur chef la volonté dernière (70):
A l'instant tout s'est tu. L'airain n'a plus de voix;
Ainsi lorsque menace une tempête affreuse,
        Le calme quelquefois
        Précède la nue orageuse.
        De même ces héros,
L'œil en feu, l'arme au bras, attendent au repos
Le signal du départ pour voler à la gloire.
Mac-Mahon à leur tête, élu par la victoire,
Leur montre en s'élançant le chemin du combat.
        Soudain chaque soldat
        Se précipite sur sa trace;
        Sans crainte de la mort,
Ces valeureux guerriers, dans leur fougueuse audace,
Arrivent triomphants jusques aux pieds du fort,
Où des fossés profonds semblent infranchissables,
Sous les feux ennemis qui vont les écraser.
        Mais ces mortels infatigables,
En butte à tous leurs coups sauront les mépriser,
Et braver sans pâlir ces abords redoutables.
Tels on voit des fourmis les nombreux bataillons,
        Qui voulant franchir l'intervalle

D'un simple filet d'eau séparant deux sillons,

Marcher en se pressant sur sa rive fatale,

Pour elles vaste mer, dont la nécessité

　　　Exige pour la république,

Que chaque citoyenne, en cette extrémité,

Périsse en le passant pour la cause publique;

　　　Bien loin de reculer

　　　Devant la mort inévitable,

On les voit à l'instant sur ce point pulluler,

Sé pressant d'arriver en ce lieu redoutable.

De leurs corps submergés improvisant un pont,

Que frappe de terreur le lugubre assemblage,

Mais qui, sur l'autre bord, s'il touche et correspond,

Aux dernières assure un facile passage.

Telle on voit pour l'assaut la colonne de front

Succomber en partie aux coups de cet orage,

Et qui, loin d'absorber leur élan, leur ardeur,

Semble les retremper d'un force nouvelle;

Les animer encore avec plus de vigueur,

Dans cette grande lutte en trépas si cruelle.

Les fossés sont remplis de cadavres épars,

　　　Que les éclats de la tempête,

Lancés par Malakoff de sa base à son faîte,

　　　Ont dissipé de toutes parts.

Mais guidés par leurs chefs qui marchent à leur tête,
Les Français glorieux franchissent les remparts,
Et, gravissant la tour, arborent sur sa crête
    Leurs brillants étendards (71).

    De tous côtés la foudre éclate,
Et l'horizon se voile au loin d'un noir bandeau ;
    Ombre de Mithridate (72),
N'avez-vous pas frémi dans votre froid tombeau
De ce sinistre bruit qui fait trembler la terre.
Ne vous alarmez point de l'entendre aujourd'hui,
Car à vos nobles fils il sera salutaire.
Le bras qui fait gronder la foudre est un appui
    Que le ciel leur envoie ;
Ce sont les ennemis de ce sol qu'il foudroie,
Qui les courbaient au joug de leur autorité.
Ce n'est plus Rome enfin qui, sur ce beau rivage,
    Vient leur ravir la liberté
Et les assujettir aux fers de l'esclavage ;
    Ce sont des protecteurs,
    Des amis et des frères
    Ou plutôt des libérateurs,
Qui pour vos descendants sont les vrais mandataires.
Rome ne viendra plus avec ses légions
    Hanter ces plages étrangères.

Ces mers ni d'autres régions,
Rome est morte et n'a plus ni soldats ni galères.
  Mais la Russie aura son tour,
  O Mithridate ! un voile sombre,
Déjà l'enveloppant consolera votre ombre,
Et peut-être demain sera son dernier jour.

L'action s'élargit, s'étend et s'envenime,
Partout, sur chaque point on s'acharne, on se bat :
L'intrépide Bosquet au milieu du combat,
  De son ardeur victime,
Tombe parmi les siens atteint d'un plomb cruel (73).

A l'assaut du Redan, Dulac a pris sa place :
Secondé par Liniers, malgré le fer mortel
Que lancent aux Français les pièces de la place,
  Les remparts à franchir
  Au moyen des échelles ;
  Malgré tant d'épreuves nouvelles,
A la tâche on ne voit aucun homme fléchir (74).
La garde sur ce point vole et s'immortalise
  En prodiges fameux ;
Dans son élan sublime autant qu'impétueux,
  On ne la voit point indécise
  Ni reculer d'un pas.

En son ardent courage,
Sans cesse elle fait tête au plus fort de l'orage,
Mais qu'elle paya cher le tribut au trépas !...
En dépit de la mort, ces braves escaladent,
Les glacis escarpés aux flancs bardés de fer.
Les ennemis se persuadent
Que dans leur vaste enceinte, arsenal dont l'enfer
N'a rien de comparable;
Les Francs jusqu'au dernier, sous leurs coups trop certains,
Périront aux abords de ce fort redoutable,
S'ils osent, dans ces lieux, affronter les destins.
Trompés dans leur attente,
Les Russes voyant leur fureur,
Sont glacés d'épouvante
Et reculent saisis d'une morne terreur.

X

Qui redira des Francs les exploits mémorables?
Les immortelles actions
Qu'ils surent accomplir dans ces champs redoutables
Aux sanglantes émotions?

De Levaillant l'intrépide colonne,
Au pas de course aussitôt s'abandonne
   Jusques au bastion central.
   Les troupes d'élite et la ligne,
   Vont toutes deux d'un pas égal,
Braver mille périls dans cette attaque insigne,
Sur leurs fronts suspendus ou sous leurs pas dressés.
   Sur les ouvrages avancés,
Au feu, Couston, Trochu, les guident et franchissent
   Au mépris de tous les dangers,
Prompts comme le chamois aux pieds vifs et légers,
Les fossés, les remparts d'où les canons vomissent
Et la flamme et le fer, pareils à ces torrents
   De lave incandescente,
Lorsque loin du cratère en sa course brûlante,
En tous sens elle suit cent chemins différents ;
   Écrasent dans leur chute,
Ces épais bataillons, ces formidables rangs
De soldats belliqueux prenant part à la lutte.

La Mothe-Rouge arrive au centre en même temps,
   Et parvient jusqu'à la courtine
   Avec ses braves combattants,
Sous le fer meurtrier du boulet qui ravine
   Au sein de ses fiers bataillons ;

Dont la chute est pareille à ces eaux vagabondes
Qui s'ouvrent dans le sol, en de larges sillons,
Maintes routes profondes.
Pleins de témérité,
Ces valeureux soldats comme le cerf agiles,
Avec impétuosité
S'élancent à travers des flots de projectiles,
Et forcent les retranchements
Du redoutable Moscovite.
Oh! pour l'honneur français, quels glorieux moments!
Mais, ô mort trop cruelle! en ce lieu qui t'évite?...
Qu'il est terrible et beau de voir chaque guerrier,
S'il périt au combat, recevoir avec calme,
Ainsi que le martyr pour sa cause une palme,
Et s'il revient vainqueur pour trophée un laurier.

Tout ce qu'on voit debout succombe,
Tout s'incline et s'anéantit;
Sur le bras du destin la mort s'appesantit,
Et de plus d'un héros elle creuse la tombe...
De toutes parts ce corps de Français assailli,
Décimé par le Russe, à cette heure effroyable,
Voit tomber tour à tour sous le sort qui l'accable,
Bourbaki, Mélinet, Niol et de Failly.
Braves guerriers Français! quoi, rien ne vous arrête?

Au prix de tant de sang, vous ne reculez pas?
Vous vous sacrifiez, vous courez au trépas?
Ah! c'est payer trop cher une telle conquête!...

XI

Cependant au Redan le combat est plus vif,
Et le sang à grands flots de tous côtés ruisselle;
Acharnement jamais ne fut plus excessif,
Et jamais lutte encor ne fut aussi cruelle;
Marolles et Rivet, Pontevès et Saint-Pol,
        Breton, dans leur ardeur fougueuse,
Atteints d'un plomb mortel, sur l'arène poudreuse
        Ont mesuré le sol.
Atterrés à l'aspect de ces ombres sanglantes,
Les vainqueurs de l'Alma semblent irrésolus;
Mais en songeant, hélas! que leurs chefs ne sont plus,
Des larmes de leurs yeux s'échappent frémissantes;
De rage et de courroux leur cœur est bondissant :
Ainsi que la lionne, en son gîte blessée,
        Étouffe en rugissant
La cruelle douleur du trait qui l'a percée,

Et qui, cherchant de l'œil

L'imprudent agresseur évitant sa colère,

En l'atteignant le brise, ainsi que sur l'écueil

Se brise en le heurtant la nacelle légère.

On les voit tout à coup et le sein palpitant

De leurs pertes irréparables,

Avides de succès, de gloire insatiables,

Revenir à l'assaut en se surexcitant.

Tel lorsqu'apparaît une trombe,

Qui serpente dans l'air,

Et que sur le sol elle tombe,

Précédée et suivie à la fois de l'éclair,

De la foudre bruyante,

Dévastant dans son cours

La moisson jaunissante,

Et dans ses alentours,

Semant partout l'effroi, l'horreur et l'épouvante ;

Tels ces vaillants guerriers, dans leur fougueuse ardeur,

S'élancent sur les murs avec tant de courage,

D'audace et de fureur,

Qu'au sein des ennemis ils s'ouvrent un passage.

Que de traits de valeur,

D'héroïsme et de gloire,

Sont restés ignorés en ce jour beau d'horreur,
Qui n'eut jamais encor de second dans l'histoire...
Stankowitz, Buchmayer, Wrangel, Osten-Schaken (75),
Luders, Sabachinski, Liprandi, Sémiaken,
    Ont frémi dans leurs forteresses,
Qu'ils croyaient à l'abri de tous efforts humains ;
Il leur semblait qu'armé de foudres vengeresses,
Un dieu dans cette attaque avait trempé les mains.
Dans ce jour glorieux, tes fils, ô belle France !
Ont vu choir sous leurs coups, par leur noble vaillance,
Gotomir, Galiski, Lyssenko, Joufferoff,
Orbélian, Nosoff, Busseau, Freund et Souroff.

Des Russes constamment les réserves grossissent,
Et de leur voix sauvage elles troublent les airs ;
On n'entend qu'un bruit sourd, semblable aux flots des mers,
Quand poussés par les vents, ils hurlent et mugissent.
A ces soldats massés en épais bataillons,
    Sans cesse d'autres leur succèdent,
    Et ceux qui suivent ou précèdent,
Ressemblent par leur nombre aux épis des sillons.
    Ils s'avancent en longues files ;
    Nul œil ne saurait embrasser
L'immensurable espace où l'on voit se presser
    Leurs colonnes mobiles.

Ainsi, de toutes parts,

Ces légions fidèles

Suivent leurs étendards,

Que protégent les citadelles

Au triple front d'airain,

D'où le salpêtre à flots s'échappe;

Et de chaque pli de terrain

D'où s'élance le feu comme une immense nappe,

Plus terrible cent fois que celui des volcans,

Dont les jets continus volent et se divisent,

En mille traits de flamme et de fer qui se brisent

Sur la tête des Francs.

Mais de ces soldats magnanimes,

Toutefois la valeur,

En prodiges sublimes,

N'a pu dans sa chaleur

S'assurer sur ce point du gain de la bataille.

Refoulés lentement, les Français glorieux,

Anéantis par la mitraille,

Cèdent au sort capricieux,

Et tombent sur la brèche en mordant la poussière.

Les Anglais à leur tour entrent dans la carrière (76) :

Le grand Redan par eux est attaqué soudain.

Dans leur fougue invincible,

En ce choc spontané, furieux et terrible
(Car ils vont affronter la mort avec dédain),
Ils chassent l'ennemi hors de la forteresse.
Mais ces fiers alliés, nonobstant leur vigueur,
Leur puissante énergie et cette hardiesse
Qui les caractérise en fait de point d'honneur,
Quand il s'agit de vaincre ou de perdre la vie,
Contre tant d'ennemis guidés par la fureur,
S'ils n'ont tenu, malgré leur généreuse envie,
Ils ne faiblirent point pour se sacrifier;
                    Et leur noble courage
                    A su justifier
Qu'à défaut de triomphe, ils ont, en témoignage,
Comme aux champs d'Inkermann prouvé là noblement;
Lorsque dans les combats, l'ennemi leur oppose,
Ses plus vaillants guerriers pour l'honneur de sa cause,
Que nul ne sait agir aussi résolûment.
Ils ont au vœu du sort dû plier en retraite,
Dans le fatal moment d'un si terrible accès;
Retraite qui sembla plutôt être un succès
                    Qu'une insigne défaite.

Les Sardes animés d'une sublime ardeur,
Non moins que les Anglais, brillent d'un noble zèle,
Ils sont présents partout où l'honneur les appelle,

Eh ! des Français enfin n'ont-ils pas la valeur?...
Ils ont en d'autres temps su partager leur gloire,
    Comme en ces héroïques jours ;
De même qu'à Traktir leur généreux concours
N'a moins fait que hâter l'heure de la victoire.

XII

Les Francs dans Malakoff pourront-ils soutenir
    Les efforts redoutables
    Des Russes innombrables,
Qui sur ce point encor viennent se réunir?
Le brave Mac-Mahon qu'en ce lieu rien n'étonne,
Soit que l'obus rugisse ou que le canon tonne,
    Soit le tube du révolver,
D'où s'échappe en sifflant le plomb sillonnant l'air ;
    Soit le cri du Scythe farouche,
Au lugubre hourrah, au sourd mugissement,
Qu'on dirait à l'ouïr qu'une montagne accouche,
Éprouvant les douleurs d'un long enfantement;
Mac-Mahon dont le feu, qui fait tête à l'orage,
Avec d'habiles chefs au martial courage,

De vaillants défenseurs, de soldats sans rivaux,
Va voir dans ce grand jour couronner ses travaux.
Solides comme un roc, ces braves qu'il oppose
A la digue ennemie attendent fièrement
Le Russe qui sur eux marche résolûment.
Inutiles efforts : Vinoy, Colineau, Rose,
Orianne, Ragon, Polhès, Decaen, Renoux,
Sauront les accabler au mépris de leurs coups.
        Le nombreux assemblage
De ces corps mutilés dans le choc du carnage,
        De tous côtés épars,
En monceaux élevés leur servent de remparts.
Semblables au torrent dont les rapides ondes
Roulent avec fracas en bonds impétueux,
Des Russes par trois fois les colonnes profondes,
        Poussant des cris tumultueux,
Ont tenté de nouveau, dans un élan sublime,
        La reprise du fort,
Et trois fois l'ennemi, dans ce suprême effort,
        De son zèle périt victime.
        Et vous, fiers Osmanlis !
Vous qui contempliez ces scènes émouvantes,
Que pensiez-vous alors, quand sous vos fronts pâlis,
De vos yeux s'échappaient des flammes jaillissantes ?...
        Pénétrés d'admiration,

Les sectateurs de l'islamisme,
Demeurèrent frappés de stupéfaction,
En voyant vos exploits, fils du christianisme...

Pour la première fois
On a vu le croissant s'allier à la croix,
Et l'étendard du Christ à celui du Prophète.
Peuples ! Dieu vous bénit
Du jour qu'il vous unit :
Achevez sans retard votre noble conquête.

C'est en vain que Kruleff, Inférow et Pauloff,
Ramènent au combat leurs phalanges guerrières,
Au pied rouge de sang de la tour Malakoff,
Qu'ont à flots inondé les balles meurtrières ;
En vain ces grands abris et de murs et de forts,
Ces redoutes sans nombre, aux dangereux abords,
Par Totleben construites (77),
Ont du Russe longtemps secondé les efforts,
Les uns sont foudroyés, les autres sont détruites.

Cependant un Français atteint mortellement (78),
Sur la brèche étendu, dans l'arène sanglante,
Pressait sa croix chérie à ce dernier moment,
Et semblait pressentir, dans une sombre attente,

Un grand événement.

Il était immobile et sa voix presque éteinte :
Mais quand de toutes parts il vit fuir l'ennemi,
Par un suprême effort, se levant à demi,
On l'entendit encore exhaler cette plainte :
Vous qu'un sort moins heureux, ô regrets superflus!
Tient ailleurs inactifs dans ce jour de victoire,
Soldats! qu'avez-vous fait pour l'honneur et la gloire?
De nos succès nombreux n'êtes-vous pas exclus?
Écoutez des vainqueurs une voix qui vous crie :
« Pleurez de désespoir, Sébastopol n'est plus.
Et vous n'étiez pas là, braves de ma patrie?
La France a triomphé!.. C'est bien!... je puis mourir...
Trop heureux si j'ai fait assez pour la servir.
      Adieu compagnons d'armes,
Enviez mon trépas et tarissez vos larmes...
Vive la France!.. » Il dit, et puis il expira.
      Et ce guerrier stoïque,
Sur qui la gloire altière, en s'inclinant pleura,
La gloire qui longtemps, pensive, l'admira,
Ne pouvait s'éloigner de cette ombre héroïque.

X

Le soleil fatigué d'éclairer tant d'horreurs
Précipite sa course au vaste sein de l'onde,
Pour n'être pas témoin de ces noires fureurs,
De ce sang répandu dont la terre s'inonde ;
       De ce sang généreux
       Offert en sacrifice
A leur chère patrie, en cette affreuse lice,
 Par un nombre aussi grand de soldats valeureux (79).
Les ombres de la nuit s'étendent sur la terre :
Heure chère aux amants, heure au tendre mystère,
Pour d'autres prévenez et les ris et les cœurs ;
Mais laissez achever cette œuvre de justice,
A ces nobles guerriers, à ces médiateurs,
Et faites que la nuit leur soit douce et propice ;
Amants, soyez heureux ; soldats, soyez vainqueurs ;
Mais l'ennemi peut-être, en sa cruelle rage,
Sur lui-même tournant son atroce fureur,
Incendiera sa ville en cette nuit d'horreur,
       Dans sa férocité sauvage.

Comme le scorpion qui ne peut échapper
    A tel danger qui l'environne,
Loin d'attendre la mort, l'insecte se la donne,
Et de son dard fatal on le voit se frapper.
De même agit le Russe, homme de servitude,
Quand il doit s'abaisser de toute sa hauteur;
S'il est contraint de fuir par la vicissitude,
De son arme cruelle, instrument destructeur,
Sur ce qu'il abandonne, inflexible habitude,
    Tourne le fer persécuteur.

XIV

Gortschakoff abattu, sans aucune espérance (80)
D'un retour offensif,
Contre ces fiers guerriers que vit naître la France,
Demeura quelque temps et muet et pensif.
Mais revenu de sa surprise,
Il dit aux chefs qui l'entouraient :
« C'en est fait, notre ville est prise, »
Et tous les yeux pleuraient.

« Allons, s'écria-t-il, point de vaines alarmes :
« Ce grand revers pour nous était écrit au ciel ;
« Si le destin funeste, en trahissant nos armes,
« A pu nous abreuver et de lie et de fiel,
« Sachons être au-dessus de pareilles disgrâces,
« En bravant son courroux.
« De nos pères suivons ici les mêmes traces,
« Brûlons Sébastopol, qu'il tombe sous nos coups (81)
« A la faveur des ombres,
« Afin qu'aux ennemis il n'offre désormais
« Que ruines, décombres,

« Et pour eux et pour nous qu'il périsse à jamais. »
      Il dit. Tous les chefs applaudissent :
Alors de toutes parts, une torche à la main,
Chaque soldat se fraye un lugubre chemin,
Et les flammes soudain dans la ville bondissent.
On eût dit que le ciel, en cette nuit d'horreur,
              Avait dans sa colère
              Fait descendre sur terre,
        Et la Vengeance et la Fureur.
Sébastopol n'est plus qu'une fournaise ardente,
Qu'un foyer de l'enfer qui marche et s'élargit,
Qui bondit et dévore et qui siffle et serpente,
Comme un affreux reptile, un lion qui rugit.
        Partout les éclats de la foudre
Grondent avec fracas et bruissent dans l'air ;
De noirs débris fumants, hachés, réduits en poudre,
Se dispersant au loin, volent jusqu'à la mer.

Après un tel forfait, le généralissime,
Qu'applaudissent les chefs d'une voix unanime,
Aux Russes sans retard, pendant l'obscurité,
Ordonne le départ de la triste cité.
A cette affreuse nuit succède un long silence :
              Et le jour qui commence,
De ce drame inouï demeure épouvanté.

XV

Amiraux valeureux de France et d'Angleterre,
   Si vous n'êtes restés oisifs
   En aidant les troupes de terre;
De vos nombreux vaisseaux, si les marins actifs,
   Dans leurs courses heureuses,
Ont soumis Bomarsund et Kinburn à vos lois
   Et fait des prises précieuses,
Qui n'ont pu qu'ajouter à vos brillants exploits;
Malgré tous leurs travaux en d'immenses épreuves,
   S'ils ont vu de trois mers
   D'esquifs ennemis leurs eaux veuves,
   En sillonnant les flots amers;
S'ils ont détruit des forts, incendié des villes
Par leur activité, leurs manœuvres habiles;
Vous n'avez toutefois pas eu l'insigne honneur
   De signaler votre valeur
Contre ces ennemis qu'on disait si terribles,
Hamelin, Parseval, Lyons, Bruat, Dundas;

Car ils ne se montrèrent pas,
Leurs flottes à vos yeux restèrent invisibles.

Mais où donc étiez-vous, Novosielski, Mitkoff,
        Vous qui sans doute succédâtes
        Aux dignités des Korniloff?
        De même qu'eux vous évitâtes
Les coups des alliés au sein de votre port.
        Jamais on ne pourra comprendre
Jusqu'où la félonie, orgueilleux fils du Nord,
        Chez vous a pu s'étendre,
        Lorsque *la Ville de Paris* (82),
        Jusqu'au fort de la Quarantaine,
Bravait trois cents canons aux feux vifs et nourris,
Vous offrant toutefois quelque chance certaine,
        Sinon de succès positifs,
        Du moins d'un peu de gloire
        A défaut de victoire,
Et vous êtes restés spectateurs inactifs?...

XVI

Orgueilleuse Russie? où donc est ce prestige
Dont tu faisais parade avec tant de fierté?
Qu'as-tu fait de ta gloire?... ô honte ! ô lâcheté !
Tu fus prise sans doute en ce jour d'un vertige,
Quand tes nombreux marins, sur leurs puissants esquifs,
Pouvaient se mesurer et triompher peut-être ;
        Et qui, timides et craintifs,
Devant les alliés semblèrent disparaître,
Ainsi que des enfants saisis par la frayeur
        Que leur inspire une chimère ;
Et, craignant sous leurs coups, de boire l'onde amère,
        Ils t'ont frappée au cœur,
En détruisant ta flotte en leur sombre délire ;
Oh ! ce néfaste jour, que tu dois le maudire !...
Et ton Sébastopol, la clef de l'Occident,
        Ville en force géante,
Pareille au léopard, à la gueule béante,
Qui semblait provoquer le sol indépendant
Des grandes nations qui viennent de l'abattre (83)...
A toutes tu voulais ravir la liberté,

Lorsque tu pris à tâche un jour de les combattre
Pour les lier au faix de ton autorité.

En lisant ton histoire,
On frémit de penser ce que chaque victoire

A coûté de sang et de morts

A maints peuples que ta puissance

Courba sous son obéissance,

Et tu n'en as aucuns remords !..
Le temps ne guérit pas les germes corruptibles :
Le faible sous ton joug est sans cesse opprimé ;
Est-il retour au bien pour les cœurs insensibles ?

Comme un tigre affamé

Il te faut des victimes ;

Et pour mieux consommer des crimes,

Bourreau de tes sujets ;
Pour triompher partout de tes causes iniques,

En liberticides projets,
Arme trop familière aux pouvoirs tyranniques,
Les gibets et le knout, la déportation

Aux mines de la Sibérie,
Sont là tes seuls exploits, dignes d'une furie,

Indignes d'une nation.

FIN.

NOTES

NOTES

—◆—

(1) Le 15 septembre, une grande solennité religieuse a eu lieu à Paris en l'honneur de la prise de Sébastopol, un *Te Deum* a été chanté à Notre-Dame, et le soir il y a eu illumination générale.

(2) C'est le 9 octobre 1854 que les travaux de siége ont commencé devant Sébastopol; ils n'ont pas discontinué jusqu'au 8 septembre 1855, ce qui donne au total 349 jours de tranchée ouverte.

Nous aurions voulu pouvoir citer ici les noms de tous les chefs et soldats qui ont si glorieusement pris part à l'action, ainsi qu'aux travaux de ce long siége; mais notre cadre, quoique d'une certaine étendue, se trouve encore de beaucoup trop restreint pour y faire figurer un plus grand nombre de noms chers à la patrie. Cependant nous avons cru devoir mentionner dans cette note, pour aider l'intelligence du lecteur, les chefs de corps et les régiments qui ont si vaillamment combattu dans la journée du 8 septembre. Nous les empruntons au rapport du général Pélissier.

« Le général de Salles, avec le 1er corps renforcé d'une brigade sarde dont le général de La Marmora m'avait offert le concours, devait, à gauche, attaquer la ville ; au centre, les Anglais devaient s'emparer du Grand-Redan ; enfin, à notre droite, le général Bosquet devait attaquer Malakoff et le Petit-Redan du Carénage (n° 2 des Russes), points saillants de l'enceinte de Karabelnaïa.

« Les dispositions suivantes avaient été prises pour chacune de ces attaques.

« A gauche, la division (2e du 1er corps), brigade Couston : 9e bataillon de chasseurs à pied, commandant Rogié ; 21e de ligne, lieutenant-colonel de Mallet ; brigade Trochu : 46e de ligne, lieutenant-colonel Le Banneur ; 80e de ligne, colonel Laterrade, chargé de l'attaque du bastion central et de ses lunettes, était placé dans les parallèles les plus avancées.

« A sa droite était la division d'Autemarre, brigade Niol : 3e bataillon de chasseurs à pied, commandant Garnier ; 19e de ligne, colonel Guignard ; 26e de ligne, colonel de Sorbiers ; brigade Breton : 39e de ligne, colonel Comignan ; 74e de ligne, colonel Guyot de Lespart, qui devait pénétrer sur les traces de la division Levaillant et s'emparer de la gorge du bastion du Mât et des batteries qui y ont été élevées. La brigade sarde du général Cialdini, placée à côté de la division d'Autemarre, devait attaquer le flanc droit du même bastion.

« Enfin la division Bouat (4e du 1er corps), général Lefèvre : 10e chasseurs à pied, commandant Guiomard ; 18e de ligne, colonel Dantin ; 79e de ligne, colonel Grenier ; 2e brigade, général de la Roquette : 14e de ligne, colonel de Négrier ; 43e de ligne, colonel Breutta, et la division Paté (3e du 1er corps), brigade

Beuret : 6e bataillon de chasseurs à pied , commandant Fermier de La Prévotais ; 28e de ligne, colonel Lartigues ; 98e de ligne, colonel Conseil-Dumesnil ; brigade Bazaine : 1er régiment de la légion étrangère, lieutenant-colonel Martenot de Cordoue ; 2e régiment de la légion étrangère, colonel de Chabrières, servaient de réserve à la division Levaillant ; de plus, et pour parer de ce côté aux éventualités qui pouvaient se produire, j'avais fait venir de Kamiesch, et mis sous les ordres du général de Salles, les 30e et 35e de ligne, qui avaient été placés à l'extrême gauche et assuraient fortement de ce côté la possession de nos lignes.

« Devant Karabelnaïa, ainsi que je l'ai déjà dit, notre attaque devait se faire sur trois directions : à gauche, sur Malakoff et son réduit ; à droite, sur le Petit-Redan du Carénage, et au centre sur la courtine qui unit ces deux ouvrages. Le système de Malakoff était évidemment le point le plus important de l'enceinte ; sa prise devait entraîner forcément la ruine successive des défenses de la place, et j'avais ajouté aux troupes dont disposait déjà le général Bosquet toute l'infanterie de la garde impériale.

« L'attaque de gauche sur Malakoff était confiée au général de Mac-Mahon (1re division du 2e corps), 1re brigade, colonel Decaen : 1er zouaves, colonel Colineau, et 7e de ligne, colonel Decaen ; 2e brigade, général Vinoy : 1er bataillon de chasseurs à pied, commandant Gambier ; 20e de ligne, colonel Orianne ; 27e de ligne, colonel Adam, qui avait en réserve la brigade Wimpffen (3e de zouaves, colonel Polhès) ; 50e de ligne, lieutenant-colonel Nicolas, et tirailleurs algériens, colonel Rose (tirée de la division Camou), et les deux bataillons de zouaves de la garde, colonel Jannin.

« L'attaque de droite sur le Redan était confiée au général Dulac (brigade Saint-Pol) : 17e chasseurs à pied, commandant de Ferrussac ; 57e de ligne, colonel Dupuis ; 85e de ligne, colonel

Javel ; 2e brigade, général Bisson : 10e de ligne, commandant de Laconterie ; 61e de ligne, colonel de Taxis, ayant en réserve la brigade Marolles ; 15e de ligne, colonel Guérin ; 96e de ligne, colonel Malherbe de la division d'Aurelles, et le bataillon de chasseurs à pied de la garde, commandant Cornulier de Lucinière.

« Enfin, le général de La Mothe-Rouge (brigade du général Bourbaki) : 4e chasseurs à pied, commandant Clinchant ; 86e de ligne, colonel de Berthier ; 100e de ligne, colonel Mathieu ; 2e brigade, colonel Picard : 91e de ligne, colonel Picard ; 49e de ligne, colonel Kerguern, commandait l'attaque du centre par le milieu de la courtine, ayant en réserve les voltigeurs (colonels Montéra et Douay), et les grenadiers (colonels Blanchard et Dalton), de la garde, sous les ordres directs du général de division de la garde Mellinet, ayant sous lui les généraux de brigade de Pontevès et de Failly.

« Aux attaques de gauche comme à celles de droite, des détachements du génie et de l'artillerie, munis d'outils, étaient désignés pour être placés en tête de chaque colonne d'attaque. Les sapeurs du génie devaient, avec les auxiliaires d'avant-garde de chaque attaque, être prêts à jeter des ponts, dont ils avaient appris la manœuvre et dont les matériaux étaient disposés à l'avance en première ligne. »

D'après les ordres du général en chef, les généraux Thiry et Niel faisaient prendre par les généraux Beuret et Frossard, commandant l'artillerie et le génie du 2e corps, toutes les dispositions propres à assurer la possession de Malakoff.

Le général de division Dalesme, commandant le génie du 1er corps avait pris du côté de la ville des dispositions pour attaquer le faubourg de Karabelnaïa.

Le général Herbillon avait l'ordre de faire garnir les positions de la Tchernaïa ; la brigade de cuirassiers du général Forton devait s'adjoindre à lui à l'heure fixée pour l'attaque.

Au flanc gauche du bastion central, les batteries dirigées par le général Lebœuf, auquel le contre-amiral Rigault de Genouilly prêta son concours, forcèrent l'ennemi à s'abriter derrière ses parapets.

Parmi tant de noms illustres qui figurent dans cet opuscule, il en est beaucoup d'autres non moins glorieux qui n'y ont pas trouvé place. Tels sont les suivants : S. A. I. le prince Napoléon , les généraux Forey, Korte, Thomas, Regnault-Saint-Jean-d'Angely, Sol, Espinasse, Camus, Bouat, Vinon, Chasseloup-Laubat, Larchey, Morris, Cassaignolles, Esterhazy, Champeron, Puybusque, Vergé, Dumont, Labadie, Tournemine, Malherbe, Goze, Lefèvre, Duprat de La Roquette, Lostanges, Picard, Jamin, Chanfroid, Bougourd-Delamarre, Bousquet, Peray, Buisson , Vivian-Pariset, etc. Les officiers supérieurs de la marine : Pellion, Tréhouart, Bouet-Willaumez, Charner, Lugeol , etc.

(3) Le clergé russe a joué un très-grand rôle dans la guerre de Crimée ; il avait des délégués dans toutes les provinces de l'empire, afin d'exciter le fanatisme religieux des troupes appelées à aller combattre les alliés. On sait que chaque fois que l'armée russe devait faire une attaque, il l'exhortait par ses discours, et le soldat, qui croyait remporter la victoire sur ses ennemis, allait au feu se sacrifier après le jeûne, la prière et la communion ; pénétré qu'il était que, s'il succombait au combat, une récompense éternelle l'attendait au céleste séjour.

Le gouvernement russe, pour stimuler le zèle de son clergé, lui prodigua force dons, et sept cent dix-huit ecclésiastiques reçurent des décorations.

(4) Nous avons cru pouvoir faire une comparaison du czar à

Salmanazar, roi de Syrie, qui subjugua la Samarie, imposa un tribut au roi d'Israël, Osée, et qui plus tard mit fin au royaume israélite en emmenant captif le roi hébreu et son peuple.

(5) Popes, noms que les Russes donnent à leurs prêtres du rite grec.

(6) Baal, nom d'une divinité adorée chez presque tous les peuples de l'antiquité.

(7) Bosphore, aujourd'hui détroit de Constantinople, qui unit la mer Noire à la mer de Marmara.

Les mers hyperborées sont situées au nord de l'Europe et de l'Asie, on ne les désigne plus maintenant que sous le nom de mers glaciales arctiques.

(8) L'Esthonie est un des gouvernements du nord de la Russie. Le Daghestan est un des gouvernements du sud.

(9) D'après le dernier recensement de la population russe, fait en 1856, cette puissance compte 63,000,000 d'âmes, formant 112 peuplades, qui se groupent en douze races principales.

(10) Le Don, autrefois Tanaïs, est un grand fleuve de la Russie ; c'est un affluent du Palus-Méotide ou mer d'Azof ou de Zabache.

(11) L'Ukraine est la partie sud de la Russie, elle forme quatre gouvernements.

(12) Le Borysthène, aujourd'hui Dniéper, fleuve traversant la Sarmatie d'Europe, qui se jette dans la mer Noire.

(13) Pour donner une idée de la cruauté révoltante dont le

peuple russe s'est tant de fois souillé, nous ne citerons qu'un seul exemple : En 1790, Ismaïlow, en Bessarabie, fut prise par Souvaroff. Le général russe ordonne de sang-froid le massacre des habitants et celui de la garnison qui s'était si vaillamment défendue en repoussant huit attaques consécutives.

Les atrocités commises à Ismaïlow, et le massacre des Polonais à Praga, éterniseront à jamais la barbarie de Souvarof, qui a sa place marquée parmi les hommes les plus cruels et les plus féroces.

(14) Les Cosaques ne reçoivent pas de solde, ils n'ont pour salaire que le pillage. Chacun fournit son équipement militaire de la manière qu'il l'entend ; aussi la plupart sont-ils revêtus de toutes pièces et armés de même ; le plus souvent ce sont des cordes qui sanglent le cheval qu'ils montent et qui lui servent également de bride et d'étrivières.

(15) Hetman, titre de dignité chez les Cosaques. L'impératrice Anne de Russie, aussi habile en politique que ses prédécesseurs, voulant usurper dans l'intérêt de ses descendants cette haute dignité, rendit un décret en 1734 concernant l'Ukraine, par suite de la mort du dernier hetman des Cosaques, Daniel Apostol. « Trouvons bon, pour qu'il n'arrive aucun malheur par vos hetmans, comme cela est déjà arrivé par ce maudit traître Mazeppa, suspendons l'élection d'un hetman, jusqu'à ce qu'on ait trouvé un sujet fidèle et digne de cette place. »

(16) Ilote, dernier état d'ignorance et d'abjection où l'homme puisse descendre par la force des gouvernants.

(17) L'Iénisséi et l'Obi sont deux grands fleuves de la Russie d'Asie et de la Sibérie qui se jettent dans la mer Glaciale.

(18) Les Kirghises ou Kirghiz, nom d'un peuple nombreux, qui habite les steppes de la Russie d'Asie et des gouvernements d'Europe voisins. C'est entre les deux fleuves Iénisséi et Obi que l'on peut considérer comme le centre de leur patrie. Ils sont divisés en trois hordes principales, et mènent la plupart une vie nomade et presque sauvage. Ils ont de grands troupeaux de chevaux, de bœufs et de chameaux. Une partie seulement de ce peuple est soumise aux Russes.

(19) Pont-Euxin, mer Noire.

(20) En Russie, les conscrits qui vont rejoindre leurs corps ont la tête rasée.

(21) Le maréchal Saint-Arnaud est mort le 29 septembre, neuf jours après la bataille de l'Alma. Le général Canrobert a résigné ses fonctions le 16 mai, et le 28 juin est mort lord Raglan.

(22) Tauride, un des noms de la Chersonèse Taurique ; la Crimée forme une partie de ce vaste territoire.

. (23) Le lecteur sait comme nous qu'il n'y a que les vaisseaux de l'Angleterre et ceux de la France qui sont partis des ports de mer de la Manche et de l'Océan, qui ont franchi les colonnes d'Alcide.

(24) Abyla, montagne d'Afrique dans la Mauritanie, qui se trouve en face de Calpé, montagne d'Espagne.

(25) *Nec plus ultrà*. On ne peut pas aller au delà ; par allusion à Hercule, qui joignit l'Océan à la Méditerranée, en formant le

détroit de Gibraltar. Le demi-dieu, pour éterniser sa gloire, grava sur ces montagnes ces trois mots pour inscription.

(26) Carybde, gouffre du détroit de Sicile, non loin du port de Messine, jadis fort redoutable aux petits bâtiments des anciens navigateurs; mais qui ne l'est pas pour les vaisseaux d'aujourd'hui. A une faible distance de Carybde se trouve un autre gouffre nommé Scylla; en cherchant à éviter l'un on courait risque de tomber dans l'autre.

(27) Etna ou Gibel, montagne volcanique sur la côte orientale de la Sicile.

(28) Sylphes, génies élémentaires des deux sexes peuplant la région des airs.

(29) Nymphes ou Néréides, divinités subalternes qui habitent les eaux.

(30) Ulysse et son fils Télémaque abordèrent à l'île d'Ogygie, où régnait la nymphe Calypso.

(31) Mer Égée, aujourd'hui mer de l'Archipel.

(32) Ténédos, île de l'Archipel, qui autrefois se nommait Leucophrys, maintenant Bogaja. Ce fut à Ténédos, île située près de Troie, que les Grecs cachèrent leur flotte quand ils feignirent d'abandonner le siége de cette ville.

(33) La Propontide, mer baignant les côtes de l'ancien royaume de Pont, communiquant à la mer Egée ou Archipel par le Bos-

phore de Thrace et l'Hellespont. La Propontide porte actuellement le nom de mer de Marmara.

Abydos, ville bâtie sur l'Hellespont par les Milésiens ; c'est à Abydos que Xerxès fit jeter un pont de bateaux pour pénétrer en Europe.

(34) Thèbes et Memphis, anciennes villes de la Haute et Basse-Égypte.

(35) Tunis est située sur le territoire où se trouvait Carthage.

(36) La Cappadoce et l'Arménie, anciens royaumes de l'Asie Mineure, dont Erzeroum était une des principales villes.

(37) La Troade comprenait une partie de la Phrygie.

La Bithynie, autre contrée de l'Asie Mineure, dont Pruse, présentement *Brousse*, était une des villes principales. C'est dans cette province que le roi Prusias II livra Annibal aux Romains.

(38) Fatime Hanoum, la *Karakizla* ou la vierge Noire, chef de tribu kurde ; cette femme extraordinaire a fourni au sultan pour la guerre d'Orient un contingent de 300 cavaliers, qu'elle commandait en personne.

(39) La Colchide était une des trois provinces de la Géorgie, connue sous le nom de Mingrélie.

(40) On lit dans les journaux de Paris du 28 mars; l'article ci-joint, extrait de la *Gazette de Cassel*.

Turquie. — Constantinople. — « Après la retraite de l'armée turque de la Colchide, qui a fait la plus grande impression sur les peuples circassiens, Schamyl envoya un délégué à Tiflis, avec la mission d'étendre à 1856 l'armistice conclue auparavant. On dit, il est vrai, que lors de l'échange des pièces du traité, on donna à Schamyl l'assurance qu'il pourrait faire prendre à Tiflis, au mois de septembre, 200,000 ducats ; mais il paraît que Schamyl avait déjà reçu cette somme au mois de septembre 1855, et on pense que Schamyl reconnaîtra par la suite la souveraineté du czar contre une pension plus élevée. On croit que c'est surtout le fils de Schamyl qui a exercé une grande influence sur les déterminations de son père. »

(41) Nous avons lu dans un journal anglais, que le naïb d'Abasie n'était que le fils adoptif de Schamyl.

Le titre de naïb équivaut à une vice-royauté.

(42) Les Druides étaient les prêtres des Gaulois.

(43) Bardes et Évates, noms des anciens poëtes chez les Gaulois ; ils suivaient les armées et chantaient les exploits des guerriers.

(44) Les dolmens étaient des monuments druidiques, formés d'une grande pierre plate, posée sur deux autres pierres dressées perpendiculairement. On suppose que les dolmens marquaient la sépulture des héros gaulois.

(45) Belphégor, divinité que les Moabites adoraient sur le mont Phégor.

(46) Mnémonides ou Mnémosynides, les Muses.

(47) La Bretagne et la Neustrie ou Normandie portaient le nom d'Armorique.

(48) Nous avons parlé du Mançanarès, rivière baignant Madrid, parce que l'Espagne a été sur le point de faire cause commune avec les alliés contre les Russes. Nous avions dit en parlant de cette puissance :

> Pour agir de concert, les fils de l'Ibérie,
> Appuyés des cortès, sont acquis au sultan ;
> Ils savent que combattre et vaincre le Titan
> C'est affranchir la barbarie.

(49) Une partie de la flotte turque qui était dans le port de Sinope ayant été surprise à l'improviste par l'escadre russe, avant le commencement des hostilités, fut presque anéantie. Sinope à vu naître Diogène, le célèbre philosophe cynique.

(50) La bataille de l'Alma a eu lieu le 20 septembre 1854.

(51) Les batailles d'Inkermann et de Traktir ont eu lieu, la première le 5 novembre 1854, la seconde le 16 août 1855.

(52) Élée, ville de la Lucanie, près de l'embouchure de l'Hélès.

(53) Oltenitza, Silistrie ; ces deux villes fortifiées ont résisté à tous les efforts des armées russes du Danube.

(54) Tmolus, montagne très-élevée de la Lydie.

(55) Dardanelles, détroit resserré entre l'Archipel et la mer de Marmara.

(56) La Chersonèse taurique, appelée aujourd'hui Crimée, doit son nom aux Tauri, peuple inhospitalier qui massacrait tous les étrangers qui y abordaient. C'est en Tauride qu'eut lieu le sacrifice d'Iphigénie.

(57) Khan, prince, gouverneur ou chef d'une province.

(58) Les Armoricis étaient anciennement un peuple de la Grande-Bretagne.

(59) C'est à Eupatoria que les armées alliées ont opéré leur descente, le 14 septembre 1854.

(60) Le Salghir est un fleuve de la Crimée.

(61) Dans le temps que les Normands assiégeaient Lutèce, toutes les reliques des saints le plus en vénération avaient été requises et apportées en grande pompe à l'église de Notre-Dame, pour préserver la ville de tomber au pouvoir des ennemis, ce qui n'empêcha pas que, trois fois consécutivement, les Normands rançonnèrent cette malheureuse cité et la mirent au pillage. C'est dans le même but que les Russes firent conduire à Sébastopol les images de leurs saints, qu'ils recrutèrent dans tout l'empire.

(62) On ne peut révoquer en doute que les défenseurs de la ville assiégée ont employé tous les moyens possibles en dehors du droit de la guerre pour surprendre les soldats de l'armée alliée, soit par des fosses qu'ils creusaient, soit par des cordages qu'ils tendaient pour les faire tomber, ou qu'ils leur lançaient, comme les Gauchos dans les savanes de l'Amérique, quand ils font la chasse aux jaguars.

(63) Soixante-dix vaisseaux russes réfugiés dans la rade de Sébastopol, ont été coulés pendant la durée du siége, soit par les feux des armées alliées, soit par les Russes eux-mêmes qui les ont incendiés volontairement.

(64) Les 7 et 18 juin, un combat terrible a eu lieu au Mamelon-Vert. Le général en chef Pélissier dirigeait les attaques. Un grand nombre d'officiers supérieurs se sont distingués par leur bravoure d'une manière éclatante. Tels sont les généraux : d'Autemarre, de Failly, Mellinet, Breton, Dulac, Wimpffen, Camou, Uhrich, Villiers, Lorencez (ce dernier fut blessé à la journée du 28) ; les généraux Brunet et Mayran y perdirent la vie ; ainsi que les colonels Brancion, Laboussinière, David, Hardy, Malher, Guérin et Boudeville ; le général Niol et le colonel Saurin ont été blessés. Le drapeau du 94e fut brisé par un boulet ; on en emporta les débris.

On cite parmi les Anglais qui se sont particulièrement distingués dans la journée du 18 : le général sir John Campbell, qui a été tué en conduisant l'attaque ; le major général Eyre, blessé ; sir R. England, le major général Bernard, sir G. Brown, le colonel Shadforth, le colonel Tylden, qui a été grièvement blessé ; e le colonel Yea, qui a été tué.

(65) Voir la fin de la note n° 79, extraite du rapport du général Niel.

(66) Boyard, titre des anciens feudataires de la Russie.

(67) L'esclavage en Russie, esclavage de cinquante millions d'âmes, est béni et sanctionné par l'église orthodoxe ; il ne peut être supprimé qu'avec la religion elle-même. Voici un fait entre

mille : Une comtesse Orloff avait par testament donné la liberté à un grand nombre de serfs qu'elle avait reçus de Catherine II ; le czar l'ayant appris, annula aussitôt la disposition testamentaire et s'appropria les paysans.

(68) Depuis plus d'un siècle, nul n'ignore que la Russie s'est emparée de gré ou de force d'un grand nombre de provinces qui n'ont encore pu assouvir son insatiable ambition.

(69) L'âme ne meurt pas, puisqu'elle est immortelle ; ici nous personnifions les âmes des soldats morts aux combats.

(70) A midi précis, le signal de l'attaque devait être annoncé par une fusée ou tout autre projectile lumineux parti du Mamelon-Vert.

(71) C'est le nommé Eugène Lihaut, enfant de Paris, sergent à la 5e compagnie du 1er bataillon des zouaves qui a planté le drapeau sur la tour Malakoff.

(72) Non loin du détroit d'Yénikalé, où est située la ville de Kertch, sur les ruines de l'ancienne capitale, on voit le tombeau de Mithridate le Grand, qui, après avoir menacé l'existence de l'empire romain, vint mourir à Panticapée, capitale du royaume du Bosphore cimmérien, où régnèrent pendant tant de siècles le luxe et la civilisation de la Grèce.

(73) C'est par l'éclat d'une bombe que le général Bosquet a été blessé.

(74) Fléchir, plier, sont synonymes ; cependant le lexicographe ne l'admettra pas ainsi ; il dira qu'il y a des mots, et fléchir est du nombre, qui sont bons dans le figuré et qui ne sauraient s'em-

ployer dans le sens propre. Boileau a dit : « Ou fait fléchir l'Escaut sous le joug de Louis. »

(75) C'est le général du génie Buchmayer qui a fait construire le pont traversant la rade pour l'évacuation de la place de l'armée russe.

(76) Nous lisons dans le rapport du général Simpson : « le lieutenant général sir William Codrington et le lieutenant général Markham ont concerté les détails de l'assaut.

« La colonne d'attaque sur le Redan était composée de mille hommes formant deux divisions de chacune cinq cents hommes.

« La première colonne de la division légère devait ouvrir la marche et la seconde division devait suivre.

« Ces deux colonnes étaient précédées d'un détachement de deux cents tirailleurs, et d'un autre détachement de trois cent vingt hommes portant des échelles. Le colonel Windham a conduit l'attaque.

« En arrivant au couronnement du fossé et après avoir placé les échelles, les hommes escaladèrent immédiatement le parapet du Redan et pénétrèrent dans l'angle saillant.

« Une lutte sanglante et acharnée fut soutenue pendant près d'une heure, et bien que les troupes eussent déployé le plus grand courage, il leur fut impossible de conserver la position.

« Après cette attaque les tranchées se trouvaient tellement encombrées, qu'il m'a été impossible d'organiser un second assaut que je me proposais d'exécuter avec les highlanders sous les ordres du lieutenant général sir Colin Campbell, qui avait jusqu'à ce moment formé la réserve. Il devait être appuyé par la 3e division commandée par le major général Eyre.

« La brigade des highlanders occupa les tranchées avancées pendant la nuit.

« Vers onze heures, l'ennemi commença à faire sauter ses magasins. L'évacuation de la ville par les Russes devint alors manifeste.

« Le lieutenant général sir Barry Jones, qui depuis le commencement de cette année a dirigé les opérations du siége, quoique gravement malade à l'heure de l'assaut, s'est fait transporter en litière pour assister à l'accomplissement de sa difficile tâche. »

Le général Simpson termine en disant : « Je dois mes plus sincères compliments aux officiers et aux soldats de l'artillerie royale commandée par le major général sir R. Daves. »

(77) Le général du génie Totleben a dirigé les travaux de défense pendant toute la durée du siége de Sébastopol.

(78) Nous aurions pu citer plusieurs épisodes dans le genre de celui que nous venons de signaler, car ils étaient nombreux.

Ainsi, dans *le Moniteur*, nous en trouvons un que nous nous faisons un plaisir de rapporter.

Moniteur du 27 septembre. — (Au Carénage de Sébastopol).

« Lorsque, dans la nuit, la première détonation se fit entendre et retentit à travers les échos du ravin comme le bruit de la foudre, tous les blessés s'arrêtèrent en passant sur le sommet du plateau pour contempler la vue de Sébastopol en feu. Ils y restèrent jusqu'au jour, oubliant leurs souffrances : au milieu du groupe se trouvait un soldat d'infanterie que deux soldats portaient sur un brancard en toile. Il était mortellement frappé, et il connaissait sa position. De prompts secours auraient pu prolonger sa vie de deux ou trois jours. Il donne aux soldats qui le portaient l'ordre de s'arrêter, leur dit qu'il n'irait pas plus loin, et qu'il voulait mourir en cet endroit; puis il se fit mettre sur son séant, le haut du corps appuyé contre une grosse pierre , la figure dirigée contre la ville en flammes. Il contempla ce spectacle avec joie ; et bientôt, sentant la vie s'en aller, il rassembla ses forces, ôta son képi, éleva en l'air son bras défaillant et s'écria : « Adieu, mes amis, Sébastopol est à nous ! Vive la France ! et vive l'Empereur !... » Quelques minutes après, il rendit le dernier soupir.

(79) D'après le rapport du général Pélissier, les pertes des Français dans la journée du 8 septembre, s'élèvent ainsi :

Tués :	Généraux..........................	5
	Officiers supérieurs...............	24
	Officiers subalternes..............	116
	Sous-officiers et soldats..........	1,489
Blessés :	Généraux..........................	4
	Officiers supérieurs...............	20
	Officiers subalternes..............	224
	Sous-officiers et soldats..........	4,253
Contusionnés :	Généraux..........................	6
Disparus :	Officiers supérieurs...............	2
	Officiers subalternes..............	8
	Sous-officiers et soldats..........	1,400
	TOTAL.................	7,557

Nous manquons de renseignements sur les pertes que, dans cette journée, ont éprouvé les troupes sardes et anglaises.

D'après le rapport du général prince Gortschakoff, les pertes des Russes dans la journée du 8 septembre, s'élèvent ainsi :

Tués :	Officiers supérieurs............	4
	Officiers inférieurs.............	55
	Soldats......................	2,625
Blessés :	Officiers supérieurs............	26
	Officiers inférieurs.............	206
	Soldats.....................	5,826
Contusionnés :	Officiers supérieurs...........	9
	Officiers inférieurs............	58
	Soldats.....................	1,438
Manquants :	Officiers....................	24
	Soldats.....................	1,730
	TOTAL...............	11,701.

Nous finirons cette note par un fragment emprunté au rapport du général Niel commandant le génie.

« Ainsi s'est terminé ce siége mémorable dans lequel les moyens de défense et ceux de l'attaque ont atteint des proportions colossales. Les Russes avaient plus de 800 bouches à feu en batterie, et une garnison dont ils faisaient varier à volonté la force et la composition. Après l'immense quantité de projectiles qu'ils nous ont envoyés, on est surpris de voir qu'ils en étaient encore largement approvisionnés, et j'ai lieu de croire qu'ils ont laissé plus de 1,500 pièces dans la place.

« L'armée assiégeante avait en batterie, dans les diverses attaques, environ 700 bouches à feu qui ont tiré plus de 11,600,000 coups. Nos cheminements, exécutés en grande partie dans le roc au moyen de la poudre, présentent un développement de plus de 80 kilomètres (20 lieues.) On a employé 80,000 gabions, 60,000 fascines et près d'un million de sacs à terre. Jamais le corps du génie n'avait eu à exécuter des travaux aussi difficiles et aussi multipliés. »

En récapitulant les pertes d'hommes des diverses nations qui ont pris part à la guerre de Crimée, on trouverait un chiffre qui ne serait pas moindre de 500,000.

Les pertes des Français, d'après *le Moniteur*, depuis le débarquement en Turquie jusqu'à la signature du traité de Paris, sont de. 62,492

Les pertes des Sardes. 2,552

Les pertes des Anglais, suivant leur estime (ils accusent 30,000 hommes), et pour arriver à faire le complément d'un chiffre rond, ce qui n'est pas exagéré, nous portons. 34,976

TOTAL pour les armées alliées. 100,000   100,000

Les pertes des Russes se décomposent ainsi :

Armée de terre. 277,000

Armée de mer (on sait que la marine a plus combattu dans les forts de Sébastopol que sur ses vaisseaux). 23,000

TOTAL pour l'armée russe. 300,000   300,000

Si aux pertes des Russes on ajoute celle des recrues s'élevant à 350,000 qui allaient rejoindre leurs corps respectifs, dont un grand nombre a péri de misère et de maladie; si l'on ajoute aussi les pertes des

A reporter.   400,000

Report............   400,000

Turcs et celles de leurs alliés naturels, tant
sur les rives du Danube que dans l'Asie Mineure, etc., etc., on aura bien certainement
encore à ajouter aux chiffres qui précèdent..   100,000   100,000

TOTAL GÉNÉRAL.......   500,000

(80) Le général prince Gortschakoff avait le commandement en
chef des armées de terre et de mer.

(81) Nous n'avons besoin que de citer l'incendie de Moscou
en 1812, pour rappeler les moyens extrêmes qu'emploie la solda-
tesque russe, quand elle est obligée de céder à ses ennemis.

(82) Le 17 octobre, une partie des vaisseaux français de la première ligne s'avança sur les batteries russes qu'ils affrontèrent
pendant une demi-heure sans répondre à leurs feux ; mais dès
qu'ils furent embossés, ils ripostèrent vivement, et peu après les
autres bâtiments français et anglais arrivèrent successivement, et
l'attaque alors devint générale.

Deux heures ont pu suffire aux marins alliés pour éteindre com-
plétement le feu du fort de la *Quarantaine*. L'amiral Hamelin avait
conduit au premier rang, sous le feu son vaisseau, *la Ville de Paris*, quand une bombe tomba sur la dunette de ce navire à quelques pas de l'amiral, tua et blessa plusieurs officiers à ses côtés.
La Ville de Paris a reçu quarante et un obus ou boulets dans sa co-
que et autant dans sa mâture pendant la durée de l'action.

(83) Le ministre de la guerre a reçu du maréchal commandant
l'armée de Crimée l'inventaire ci-dessous des objets de diverse

nature trouvés par les alliés à Sébastopol, indépendamment des bouches à feu de tous calibres, tant en bronze qu'en fer :

Boulets, 407,314. — Projectiles creux, 101,755. — Boîtes de mitraille, 24,080. — Poudres, 262,482 kil. — Cartouches à balles pour fusils et carabines, 470,000 en bon état, 160,000 avariées. — Voitures-arabas, 80. — Caisse d'instruments de vérification, 4. — Machines à soufflet pour fonderie, 2. — Soufflets de forges, 26. — Enclumes, 26. — Meules à aiguiser, 12. — Yoles (sans compter les embarcations qui restent pour le service du port), 6. — Billes de bois de gaïac, 500. — Pièces de bois de mâture, 200 (100 mètres cubes). — Pièces de bois pour mâture d'embarcations, 180. — Vergues en mauvais état, 100. — Mâts de perroquet, 12. — Chouquets, 12. — Ancres de corps morts, 400. — Ancres de différentes grandeurs, 90. — Grappins et petites ancres, 50. — Manilles pour ancres, 2,000. — Caisses en fer ayant contenu de l'huile, 100. — Chaînes d'ancre, 200 mètres. — Vieux cuivre de doublage, 52,000 kil. — Vieux cordages, 50,000 kil. — Vieux grelins, 2. — Caisses à eau, 300. — Cordages neufs de différentes dimensions, 25,000 kil. — Madriers bons à faire des planches, 100. — Poulies de différentes grandeurs, 400. — Espars, 40. — Outils, 300. — Fer en barre et acier, 730,000 kil. — Fil de fer, 200 kil. — Feuilles de tôle, 8,000. — Feuilles de fer-blanc, 7,000. — Tôle faible pour boîtes à balles, 8,000 kil. — Flasques en fonte, 160 kil. — Cuves en fonte, 200 kil. — Cuivre rouge en magasin, 60,000 kil. — Étain, 20,000 kil. — Clous ordinaires, 800 kil. — Clous à bordage, 2,000 kil. — Menus clous, 200 kil. — Bois de sapin, une très-grande quantité. — Goudron et brai, 200 barils. — Barils de matière à peinture, 150. — Ocre rouge, 1 mètre cube. — Ocre jaune, 1 mètre cube. — Ressorts et chaînettes de cuivre, 200 mètres cubes. — Balances, 12. — Cuisines en fonte, 6. — Pièces de machines de toutes sortes, 150. — Petites chaudières pour étuver, pesant environ 3,000 kil. — Restes d'une machine à vapeur de 220 chevaux, ayant appartenu à un vapeur brûlé par les Russes. — Grandes chaudières en cuivre, pesant environ 50,000 kil., 8. — Vieux cuivre, 50,000 kil. — Chevilles en cuivre, 5,000 kil. — Vieux fer, 80,000 kil. — Grosses cloches, 6. — Petites cloches, 10. — Lits d'hôpital, 350. — Livres, dessins, plans, etc., 600. — Forges en fer en grand nombre. — Caliornes pour la machine à mâter, 2. — Grands palans, 12. — Charbon de terre en poussière, 2,000 tonneaux. — Machines à vapeur de 30 chevaux pour les bassins, 2. — Grandes pompes pour les bassins, 3. — Chaudières en fer pour ces machines, 3. — Machine de haute pression de 16 chevaux pour les bassins, 1. — Grues en fer fixées sur le quai, 3. — Grue en fer portative, 1. — Grues en fer dans des magasins, 13. — Machine de 12 chevaux pour une manutention, 1. — Machine de halage, 1. — Machine à draguer, avec deux machines de 30 chevaux (les deux hors de service). — Grandes pompes pour vider les réservoirs des bassins, 2. — Pompe hydraulique à main, 1. — Sonnettes, 4. — Machine pour une boulangerie, 1. — Une machine à haute pression de 20 chevaux. — Une machine distillatoire. — Une horloge. — Statues en marbre, 6. — Sphinx, 2. — Grand bas-relief, 1.

VIVRES.

Pain............	11,000 sacs	500	tonneaux.
Farine..........	5,700 —	150	—
Orge...........	100 —	9	—
Blé noir........	1,300 —	117	—
Avoine........	200 --	18	—
Millet.........	600 —	54	—
Blé............	240 —	20	—

Pois.............	5 sacs	1 1/2 tonneaux.
Blé en grenier..	500 quaters	
Viande salée....	480 barils	60 tonneaux.

FIN DES NOTES.

LAGNY. — Imprimerie de VIALAT.

LE BARDE

POÉSIES NATIONALES A LA GLOIRE DE L'ARMÉE

NOMENCLATURE DES PIÈCES DU RECUEIL

Conquête d'Alger.
Siége et prise de Constantine.
Expédition des Portes de Fer.
Camp de l'Oued-el-Aleg.
Défense de Mazagran.
Fait d'armes de Beni-Mered.
Prise de la Smahla.
Bombardement de Tanger et de Mogador.
Bataille de l'Isly.
Combat de Sidi-Brahim.
Assaut de Zaatcha.
Abd-el-Kader.
Mort héroïque de Bisson.
Adieu aux prisonniers français morts à l'île de Cabrera.
Journées de Juin.
Le jour suprême.
Éloge funèbre de Napoléon.
Hymne commémoratif.

NOTA. — Plus de 3,000 officiers, sous-officiers et soldats ont leurs noms inscrits, tant dans le texte de l'ouvrage que dans les notes, par ordre alphabétique et par rang de grade. Les batailles gagnées par les armées françaises de la République et de l'Empire y sont aussi mentionnées par ordre de dates. On y trouve également les noms de tous les généraux inscrits sur l'arc de triomphe de l'Étoile, avec l'indication de ceux de ces braves qui ont perdu la vie au champ d'honneur.

M. L. TOUILLON PUBLIERA TRÈS-PROCHAINEMENT :

Épisodes, en vers, des COMBATS NAVALS du 13 prairial, an II, et de Trafalgar.

LAGNY. — Imprimérie de VIALAT.

www.ingramcontent.com/pod-product-compliance
Ingram Content Group UK Ltd.
Pitfield, Milton Keynes, MK11 3LW, UK
UKHW022037170726
13837UKWH00002B/659